Primer amor, últimos ritos

Ian McEwan

Primer amor, últimos ritos

Traducción de Antonio Escohotado

EDITORIAL ANAGRAMA

BARCELONA

Título de la edición original:
First Love, Last Rites
Jonathan Cape
Londres, 1975

Ilustración: © lookatcia

Primera edición en «Contraseñas»: diciembre 1980
Primera edición en «Panorama de narrativas»: noviembre 1989
Primera edición en «Compactos»: mayo 2008
Segunda edición en «Compactos»: febrero 2011
Tercera edición en «Compactos»: octubre 2016
Cuarta edición en «Compactos»: septiembre 2023

Diseño de la colección: Julio Vivas y Estudio A

© Ian McEwan, 1975

© EDITORIAL ANAGRAMA, S.A., 1980
    Pau Claris, 172
    08037 Barcelona

ISBN: 978-84-339-2129-1
Depósito legal: B. 246-2023

Printed in Spain

Liberdúplex, S. L. U., ctra. BV 2249, km 7,4 - Polígono Torrentfondo
08791 Sant Llorenç d'Hortons

FABRICACIÓN CASERA

Parece que lo estoy viendo, nuestro cuarto de baño, demasiado estrecho, demasiada luz, y Connie, con una toalla sobre los hombros, llorando sentada al borde de la bañera mientras yo lleno el lavabo de agua caliente y silbo –de excelente humor– «Teddy Bear» de Elvis Presley; lo recuerdo, nunca me fue difícil recordar, pelusa de la colcha acanalada arremolinándose sobre la superficie del agua, pero sólo últimamente me he dado plena cuenta de que si éste fue el final de un determinado episodio, suponiendo que los episodios de la vida real tengan algún final, Raymond llenó, por así decirlo, el comienzo y la mitad; y si en los asuntos humanos no hay episodios, habría que insistir en que esta historia es sobre Raymond y no sobre la virginidad, el coito, el incesto y la masturbación. Empezaré, pues, por deciros que, debido a razones que no se aclararán hasta mucho más adelante –habréis de ser pacientes– tiene gracia que fuera precisamente Raymond quien quisiera alertarme sobre mi virginidad. Raymond se me acercó un día en el parque de Finsbury y, conduciéndome hasta unos arbustos, se puso a doblar y reenderezar misteriosamente un dedo delante de mis narices, sin dejar de mirarme fijamente. Yo le miré, inexpresivo, tras lo cual doblé y estiré a mi vez el dedo y supe que estaba haciendo lo adecuado, porque Raymond sonrió abiertamente.

—¿Te das cuenta? —dijo—. ¡Te das cuenta!

Asentí, contagiado por su regocijo y en la esperanza de que me dejara solo para poder doblar y estirar el dedo y llegar por mis propios medios a desentrañar en lo posible su asombrosa alegoría digital. Raymond me asió por las solapas con inusitada intensidad.

—Bueno, ¿qué me cuentas? —bufó.

Tratando de ganar tiempo, volví a doblar y estirar lentamente el índice, frío, seguro, de hecho tan frío y tan seguro que Raymond contuvo el aliento y se puso rígido siguiendo el movimiento. Me miré el dedo estirado.

—Depende —dije, mientras me preguntaba si habría de descubrir en el curso del día de qué estábamos hablando.

Raymond tenía por entonces quince años, uno más que yo, y aunque yo me consideraba intelectualmente superior —lo que me obligaba a simular que comprendía el significado de su dedo—, quien *sabía* cosas era Raymond, y Raymond era quien dirigía mi educación. Raymond me iniciaba en los secretos de la vida adulta, que él comprendía intuitivamente aunque nunca del todo. El mundo que me mostraba, con todos sus fascinantes detalles, secretos y pecados, ese mundo donde venía a ejercer la función de maestro fijo de ceremonias, nunca llegó a sentarle muy bien. Conocía ese mundo bastante bien, pero el mundo —por así decirlo— no lo conocía a él. Por ello, si Raymond conseguía cigarrillos, el que aprendía a tragarse el humo, hacer anillos y proteger la cerilla del viento con las manos como una estrella de cine era yo, mientras él se ahogaba y titubeaba; más adelante, cuando Raymond se hizo con un poco de marihuana, fui yo quien terminó por colocarse hasta la euforia, mientras Raymond confesaba —cosa que yo nunca hubiera hecho— no sentir nada.

Igualmente, aunque era Raymond quien, gracias a su voz profunda e indicios de barba, nos abría las puertas de las películas de terror, después se pasaba la película tapándose las orejas y con los ojos cerrados. Algo realmente notable, dado que en un mes nos vimos veintidós películas de terror. Cuando Raymond robó una botella de whisky en un supermercado con el fin de introducirme en los secretos del alcohol, mi risita de borracho duró las mismas dos horas que sus ataques convulsivos de vómitos. Mis primeros pantalones largos habían pertenecido a Raymond, que me los había regalado cuando cumplí trece años. Instalados en Raymond se detenían, como toda su ropa, cuatro pulgadas por encima de los tobillos, se abultaban por las caderas, hacían bolsas por la ingle; y ahora, cual parábola de nuestra amistad, me quedaban como hechos a la medida, tan bien, tan cómodos de llevar que no me puse otros en un año. Todo ello sin olvidar las emociones del robo de tienda. La idea, tal como me la expuso Raymond, era bien simple. Entrabas en la librería de Foyle, te llenabas los bolsillos de libros y se los llevabas a un comerciante de Mile End Road que te pagaba gustosamente la mitad de su precio de costo. Para la primera ocasión tomé prestado el abrigo de mi padre, que arrastraba majestuosamente por la acera al caminar. Me reuní con Raymond frente a la tienda. Iba en mangas de camisa porque se había dejado la chaqueta en el metro, pero estaba seguro de que podía arreglárselas sin chaqueta, así que entramos en la tienda. Mientras yo embutía en mis numerosos bolsillos una selección de delgados volúmenes de prestigiosos versos, Raymond ocultaba en su persona los siete volúmenes de la Edición Variorum de las Obras de Edmund Spenser. Tratándose de cualquier otro, la misma audacia del acto podía haber ofrecido alguna posibilidad de éxito, pero la audacia de Raymond era de precaria calidad, más parecida, de hecho, a una indiferencia completa por las realidades de la situación. El subdirector se puso detrás de Raymond mientras éste recogía los libros de su estante. Ambos estaban de pie junto a la puerta cuando me deslicé por su lado con mi carga, sonriendo con complicidad a Raymond, que aferraba aún los libros, y dando las gracias al subdirector, que me sostenía automáticamente la puerta. Por fortuna, el frustrado robo de Raymond era tan imposible, y sus excusas tan idiotas y transparentes, que el director terminó por dejarlo ir, tomándole generosamente, supongo, por retrasado mental.

Y para terminar, quizás con lo más significativo, Raymond me introdujo en los dudosos placeres de la masturbación. Yo tenía por entonces doce años, aurora de mi día sexual. Estábamos explorando el sótano de un refugio, curioseando por ver si los inquilinos habían dejado alguna cosa, cuando Raymond, tras bajarse los pantalones como para mear, comenzó a frotarse la polla con deslumbrante vigor, invitándome al mismo tiempo a imitarle. Así lo hice, y no tardó en penetrarme un placer cálido e indeterminado que creció hasta convertirse en una sensación flotante y disolvente, como si me fueran a desaparecer las tripas de un momento a otro. Nuestras manos, mientras tanto, bombeaban con furia. Cuando me disponía a felicitar a Raymond por su descubrimiento de tan simple, barata y, aun así, placentera forma de pasar el tiempo, todo ello sin dejar de preguntarme si no podría dedicar mi vida entera a tan gloriosa sensación –y supongo, visto desde ahora, que en muchos sentidos la he dedicado–, cuando me disponía a expresar toda suerte de cosas, me sentí de pronto izado por la piel de la nuca; mis brazos, mis piernas, mis vísceras se tendieron, se retorcieron, se estiraron, y todo ello produjo dos grumos de esperma que saltaron a la chaqueta de domingo de Raymond –era domingo– y serpentearon hasta introducirse en el bolsillo del pecho.

–¡Oye! –dijo, interrumpiendo sus movimientos–. ¿Por qué haces eso?

Recuperándome como estaba de tan devastadora experiencia, no dije nada, nada podía decir.

–Te he enseñado cómo hacerlo –me arengó Raymond, frotando delicadamente el brillante trazo sobre su chaqueta oscura–, y no se te ocurre más que escupirme.

De esta forma, a los catorce años había conocido, bajo la batuta de Raymond, una serie de placeres que asociaba, con razón, al mundo adulto. Fumaba unos diez pitillos al día, bebía whisky cuando lo había, tenía un gusto de conocedor por la violencia y la obscenidad, había fumado la embriagadora resina de la *cannabis sativa y* era consciente de mi precocidad sexual, aunque, por extraño que parezca, no le había encontrado aplicación práctica, por faltarle aún a mi imaginación el alimento del deseo y de las fantasías secretas. Todos estos entretenimientos eran financiados por el comerciante de Mile End Road. Raymond fue el Mefistófeles de mis gustos adquiridos, un torpe Virgilio ante Dante, mostrándome el camino de un Paraíso que él jamás habría de pisar. No podía fumar porque le daba tos, el whisky le ponía enfermo, las películas le asustaban o le aburrían, la *cannabis* no le hacía efecto, y mientras yo hacía estalactitas en el techo del refugio, a él no le sucedía absolutamente nada.

–A lo mejor –decía desolado una tarde, al salir del refugio–, a lo mejor soy un poco viejo para estas cosas.

En consecuencia, al ver a Raymond retorcer y enderezar el dedo, intuí la existencia de una nueva alcoba de lujo en la vasta, lóbrega y delectable mansión de la edad adulta, y supe que si resistía un poco más, ocultando, para salvar la dignidad, mi ignorancia, Raymond no tardaría en revelarme aquello en lo que yo no tardaría en destacar.

–Bueno, depende. –Cruzamos todo el parque de Finsbury, donde un día Raymond, en sus delincuentes comienzos, cebara a las palomas con astillas de vidrio, donde juntos y colmados de inocente felicidad, merecedora del *Preludio*[1], asáramos vivo al periquito de Sheila Harcourt, desmayada sobre el césped por allí cerca, donde de niños nos agazapáramos tras los arbustos para tirar cantazos a las parejas que jodían en los cenadores; en fin, cruzamos el parque de Finsbury, y Raymond dijo:

–¿A quién conoces?

¿A quién conocía yo? Seguía tanteando, y además podía tratarse de un cambio de tema, porque Raymond tenía una mente imprecisa. En vista de lo cual dije:

–¿A quién conoces *tú?* –A lo que Raymond respondió:

–A Lulú Smith.

Con lo que todo quedó claro, al menos en lo que se refiere al tema mismo, pues mi inocencia era notable.

¡Lulú Smith! ¡La pequeña Lulú!... su solo nombre me hace sentir como una mano helada en las pelotas. Lulú Lamour, de quien se decía que era capaz de cualquier cosa, y que las había hecho todas. Había chistes de judíos, chistes de elefantes y chistes de Lulú, los principales responsables de la extraordinaria leyenda. Lulú Slim –la cabeza me da vueltas–, su inmensidad física sólo comparable a la inmensidad de su supuesto apetito y destreza sexual, su grosería a las groserías que inspiraba, su leyenda sólo a la realidad. ¡Lulú la Zulú! La fama le atribuía un rastro de idiotas babeantes que cruzaba todo el norte de Londres, una desolada columna de cabezas y pollas destrozadas de Shepherds Bush a Holloway, de Ongar a Islington. ¡Lulú! Bamboleante circunferencia y risueños ojillos de lechón, caderas lozanas y articulaciones pecosas en los dedos, esta corpulenta y sudorosa masa de colegiala lo había hecho, según su reputación, con una jirafa, un colibrí, un hombre con un pulmón de acero (que después falleció), un

---

1. Célebre poema de Wordsworth. *(N. del T.)*

yak, Cassius Clay, un tití, una barra de chocolate y la palanca de cambios del Morris Minor de su abuelo (y después con un guardia de tráfico).

El parque de Finsbury estaba impregnado del espíritu de Lulú Smith, y yo sentí por primera vez, junto a la simple curiosidad, indefinidos deseos. Sabía aproximadamente lo que había que hacer, pues había visto parejas amontonadas en todos los rincones del parque durante las largas tardes del verano, y les había lanzado piedras y también los había rociado con agua..., cosa que ahora lamentaba supersticiosamente. Y allí, de pronto, en el parque de Finsbury, mientras enhebrábamos el paso entre los descarados montones de mierda de perro, me hicieron rencorosamente consciente de mi virginidad. Yo sabía que era la última alcoba de la mansión, sabía con certeza que era la más lujosa, la mejor amueblada de todas las habitaciones, la de más mortíferas atracciones, y el no haberlo hecho, tenido, conseguido nunca era anatema total, mi impedimento oculto, y esperaba que Raymond, cuyo dedo seguía estirado delante de sus narices, me revelase lo que tenía que hacer. Raymond lo sabía, sin duda...

A la salida del colegio Raymond y yo fuimos a un café cercano al Odeon del parque de Finsbury. Mientras otros muchachos de nuestra edad se hurgaban las narices ante su colección de cromos o sus deberes, Raymond y yo pasábamos muchas horas allí, hablando generalmente de las distintas formas de hacer dinero fácil y bebiendo grandes tazas de té. A veces entablábamos conversación con los trabajadores que allí acudían. Ahí tenía que haber estado Millais para pintarnos mientras escuchábamos extasiados sus ininteligibles fantasías y hazañas, historias de trapicheos con camioneros, plomo de los tejados de las iglesias, combustible que falta del departamento de ingeniería de la ciudad, y después de coños, tías, faldas, caricias, palizas, polvos, mamadas, de culos y te-

13

tas, por delante y por detrás, de frente y de lado, encima y debajo, de arañazos, desgarrones, de lamer y cagar, de coños jugosos derramándose, cálidos e infinitos, de otros fríos y áridos pero que valía la pena probar, de pollas viejas y fláccidas, jóvenes y bulliciosas, de correrse, demasiado pronto, demasiado tarde o nunca, de cuántas veces al día, de las subsiguientes enfermedades, de pus e hinchazones, úlceras y lamentaciones, de ovarios emponzoñados y testículos miserables; oímos cómo y con quién follaban los deshollinadores, cómo la insertaban los lecheros de la cooperativa, lo que podía amontonar el carbonero, lo que podía cubrir el tapicero, lo que podía erigir el constructor, lo que podía inspeccionar el inspector, lo que podía amasar el panadero, olfatear el hombre del gas, desatrancar el fontanero, conectar el electricista, inyectar el doctor, alegar el abogado, instalar el mueblista... y así de seguido, en un conjunto irreal de gastados retruécanos e insinuaciones, fórmulas, consignas, folklore y bravatas. Yo escuchaba sin comprender, recordando y registrando anécdotas que algún día habría de usar, acumulando historias de perversiones y costumbres sexuales... de hecho, una moral sexual completa, por lo que cuando finalmente empecé a comprender, por experiencia propia, de qué iba la cosa, tenía a mi disposición una educación completa que, incrementada mediante una rápida lectura de las partes más interesantes de Havelock Ellis y Henry Miller, me ganó la reputación de juvenil conocedor del coito a quien acudían en busca de consejo docenas de varones... y, afortunadamente, también hembras. Y todo ello, esa reputación que me acompañó hasta la Facultad de Arte y alegró mi carrera, todo ello tras un solo polvo..., el tema de esta historia.

Finalmente, en el café donde había escuchado, recordado y no entendido nada, Raymond relajó el dedo para curvarlo sobre el asa de su taza, y dijo:

14

—Lulú Smith se lo deja ver por un chelín. —Aquello me gustó. Me gustó que no me metieran prisa, me gustó que no me dejasen solo con Lulú Smith con la obligación de realizar lo aterradoramente oscuro, me gustó que la primera maniobra de esta aventura necesaria fuera una maniobra de reconocimiento. Por otro lado, no había visto más que dos mujeres desnudas en toda mi vida. Las películas obscenas que frecuentábamos entonces no eran, ni mucho menos, lo bastante obscenas, pues sólo dejaban ver las piernas, espaldas y rostros extáticos de parejas dichosas, abandonando lo demás a nuestra imaginación tumefacta, sin aclarar nada. Por lo que se refiere a las dos mujeres desnudas, mi madre era enorme y grotesca, la piel le colgaba como cuero de sapo desollado, y mi hermana de diez años era una especie de monicaco que de niño apenas podía forzarme a mirar, por no hablar de compartir el baño. Y después de todo, un chelín no era dinero, teniendo en cuenta que Raymond y yo éramos más ricos que la mayoría de los trabajadores que llenaban el café. La verdad es que yo era más rico que cualquiera de mis muchos tíos, o que mi padre, que se mataba a trabajar, o que cualquier otro miembro de la familia que yo conociera. Solía reírme pensando en el turno de doce horas de mi padre en el molino, en su rostro agotado, pálido y malhumorado cuando llegaba por la tarde a casa, y me reía un poco más alto al pensar en los miles de personas que fluían cada mañana de casas escalonadas como la nuestra para trabajar toda la semana, descansar el domingo y volver el lunes al trabajo en los molinos, las fábricas, los depósitos de madera y los muelles de Londres, regresando cada noche más viejos, más cansados y no más ricos. Entre taza y taza de té me reía con Raymond de esta reposada traición a toda una vida, cargando, cavando, empujando, empacando, comprobando, sudando y gimiendo en beneficio de otros, de cómo, para tranquilizarse, hacen una virtud de esta servidumbre vitalicia, de cómo se preciaban de no haberse perdido un solo día de este infierno; y me reía más que nunca cuando los tíos Bob o Ted o mi padre me regalaban uno de sus bien ganados chelines –en ocasiones especiales un billete de diez chelines–, me reía porque sabía que una buena tarde de trabajo en la librería daba más de lo que ellos rascaban en una semana. Naturalmente, tenía que reírme por lo bajo, porque no era cosa de estropear un regalo como aquél, sobre todo cuando era evidente que les complacía mucho hacérmelo. Parece que los estoy viendo, a uno de los tíos o a mi padre dando zancadas en el diminuto saloncito de delante, con la moneda o el billete en la mano, recordándome cosas, relatándome anécdotas, aconsejándome sobre la Vida, serenos en el lujo del dar, y sintiéndose bien, sintiéndose tan bien que daba gusto verlos. Se sentían, y durante ese corto período lo eran, liberales, sabios, reflexivos, de buen corazón y expansivos, y quizás, quién sabe, un poco divinos; patricios dispensando a su hijo o sobrino, en la forma más sabia y generosa, los frutos de su astucia y su riqueza... Eran dioses en sus propios templos, y ¿quién era yo para rechazar su obsequio? A patadas en el culo por la fábrica cincuenta horas por semana, necesitaban esos pequeños milagros de salón, esas confrontaciones míticas entre Padre e Hijo; y yo, que conocía y no era insensible a todos los matices de la situación, aceptaba su dinero, colaboraba un poco, aun a riesgo de aburrirme, y ocultaba mi hilaridad hasta más tarde, para darle entonces rienda suelta hasta el agotamiento, entre lágrimas y ruidosas carcajadas. Mucho antes de saberlo resulté ser un estudioso, un prometedor estudioso de lo irónico.

En estas condiciones, un chelín no era demasiado pagar por una mirada a lo incomunicable, corazón del misterio en el misterio, Grial de la Carne, el conejo de la pequeña Lulú, y le pedí a Raymond que organizara lo antes posible el espectáculo. Raymond se puso rápidamente en su papel de director escénico, frunciendo el entrecejo con importancia, murmurando fechas, horas, lugares, pagos, y dibujando cifras en el reverso de un sobre. Era uno de esos raros individuos que gozan lo indecible organizando acontecimientos y además lo hacen rematadamente mal. Había, pues, grandes posibilidades de que llegáramos en mal día a la mala hora, de que no estuvieran claros el pago o la duración del espectáculo, pero algo era en definitiva más seguro que cualquier otra cosa, más seguro que el nacimiento del sol mañana, y ese algo era que terminarían por enseñarnos el chumino exquisito. La vida, en efecto, estaba sin duda del lado de Raymond. Yo no hubiera podido entonces expresarlo en palabras, pero sentía que en la disposición cósmica de destinos individuales, el de Raymond era diametralmente opuesto al mío. La fortuna le gastaba bromas pesadas, a veces incluso le echaba arena en los ojos, pero jamás le escupió a la cara, ni le pisó a propósito los callos existenciales..., los errores, las pérdidas, las traiciones y las injurias de Raymond eran todas, a primera vista, más cómicas que trágicas. Recuerdo que una vez Raymond pagó diecisiete libras por una piedra de dos onzas de hachís que luego resultó no ser hachís. Para cubrir las pérdidas, Raymond llevó el material a un lugar bien conocido de Soho y allí trató de vendérselo a un policía de paisano que, afortunadamente, no se empeñó en denunciarle. Después de todo, no había, al menos entonces, leyes que prohibieran comerciar con estiércol de caballo en polvo, aun envuelto en papel de plata. Me acuerdo también de la carrera a campo través. Raymond, mediocre corredor, era uno de los diez elegidos para representar al colegio en la competición entre subcondados. Yo nunca faltaba a la cita. De hecho, ningún otro deporte me proporcionaba parecidas oportunidades de contemplación serena, entretenida y alegre. Me deleitaban los rostros torturados y deformes de los corredores que entraban en el túnel de banderas y cruzaban la línea de meta; especialmente interesantes me parecían los que llegaban después de los primeros cincuenta o así, corriendo con más ganas que cualesquiera otros de los concursantes y compitiendo endemoniadamente por el puesto ciento trece. Observaba cómo penetraban a traspiés en el túnel de banderas, aferrándose la garganta, dando arcadas, agitando los brazos y cayéndose al césped, y me convencía de que tenía ante mí una visión de la futilidad del hombre. En la competición, los únicos que se tenían en cuenta eran los treinta primeros, y una vez llegados éstos, el público empezaba a dispersarse, dejando a los demás dedicados a sus batallas particulares... momento en que mi interés se agudizaba. Mucho después de haberse ido los jueces, árbitros y cronometradores, yo esperaba en la línea de meta, rodeado de la creciente oscuridad de una tarde de invierno avanzado, para ver arrastrarse hasta la línea a los últimos corredores. Ayudaba a levantarse a los que caían, proporcionaba pañuelos a las narices sangrantes, golpeaba en la espalda a los que vomitaban, masajeaba pantorrillas y dedos acalambrados..., en verdad, como la misma Florence Nightingale, sólo que yo me regocijaba, me fascinaba alegremente con el espíritu triunfante de aquellos fracasados que se habían hecho pedazos para nada. ¡Cómo se elevaba mi mente, cómo se humedecían mis ojos cuando, tras diez, quince y hasta veinte minutos de espera en aquel campo vasto y miserable, rodeado por todas partes de fábricas, pilones, casas y garajes repetidos, azotado por un creciente viento frío que anunciaba los comienzos de una llovizna helada, esperando en la tiniebla, apercibía de pronto, al otro lado del terreno, ¡una burbuja blanca y coja que avanzaba despacio hacia el túnel, midiendo lentamente sobre el césped húmedo, con los pies insensibles, su microdestino de absoluta futilidad! Y allí mismo, bajo al amenazador cielo de la metrópoli, como para unificar la compleja totalidad de la evolución orgánica y el destino humano poniéndolo todo a mi alcance, la diminuta burbuja amébida de enfrente tomaba forma humana pero seguía obedeciendo al mismo propósito, tambaleándose con decisión en su inútil esfuerzo por alcanzar las banderas..., la vida misma, la vida sin rostro y autorrenovadora ante la cual, al derrumbarse aquella forma sobre la meta, mi corazón palpitaba y mi espíritu se elevaba en el total abandono de una morbosa y fatal identificación con el proceso de la vida cósmica... el Logos.

–Mala suerte, Raymond –le decía para animarle mientras le entregaba el jersey–. La próxima vez será mejor. –Y Raymond, sonriendo débilmente con la certeza segura y triste de Arlequín, de Feste, la certeza de que es el Comediante, no el Trágico, quien posee el Triunfo, el vigésimo segundo Arcano, cuya letra es Than, cuyo símbolo es Sol, sonriendo mientras nos marchábamos del terreno, donde la oscuridad reinaba casi por completo, decía:

–Bueno, no era más que una carrera, un juego, ya sabes.

Raymond prometió someter nuestra proposición a la divina Lulú Smith al día siguiente, a la salida del colegio, y yo, que había prometido cuidar de mi hermana aquella noche mientras mis padres iban al canódromo de Walthamstow, me despedí de él en el café. Durante todo el camino estuve pensando en coños. Los veía en la sonrisa de la cobradora, los oía en el rugido del tráfico, los olía en las emanaciones de la fábrica de betún, los conjeturaba bajo las faldas de las amas de casa que pasaban a mi lado, los sentía en la punta de los dedos, los notaba en el aire, los dibujaba en la cabeza; llegada la hora de la cena, que consistía en salchichas en su jugo, devoré, como en un rito secreto, genitales de salsa y salchicha. Y, pese a todo, seguía sin saber exactamente lo que era un coño. Miré a mi hermana por encima de la mesa. Reconozco que exageré un poquito cuando dije que era un monicaco..., empecé a pensar que después de todo no era tan horrorosa. Los dientes se le escapaban por delante, eso no se podía negar, tenía los mofletes algo hundidos, cosa que no se vería en la oscuridad, y cuando se había lavado la cabeza, como ahora ocurría, casi se la podía considerar pasable. No es, por ello, sorprendente que mientras me comía las salchichas me asaltara la idea de que, con un poco de adulación y quizás algunas honrosas mentiras, podría llevar a Connie a pensar en sí misma, aunque sólo fuera por unos minutos, como algo más que una hermana, algo así, digamos, como una hermosa señorita, una estrella de cine y, a lo mejor, Connie, podemos meternos en la cama y ensayar esta conmovedora escena, anda, quítate ese absurdo pijama, yo me ocuparé de la luz... Una vez armado de esta sabiduría, obtenida con toda comodidad, podría afrontar a la temida Lulú con dedicación y abandono, la aterradora ordalía palidecería hasta la insignificancia y, quién sabe, a lo mejor me la podía tirar allí mismo, durante la función visual.

Nunca me había gustado quedarme a cuidar a Connie. Era una niña presumida, mimada, y todo el tiempo quería jugar, en vez de ver la televisión. En general me las arreglaba para acostarla una hora antes de lo debido adelantando el reloj. Esa noche lo retrasé. En cuanto mi madre y mi padre se marcharon al canódromo, le pregunté a Connie a qué quería jugar, podía elegir lo que más le gustase.

—No quiero jugar contigo.

—¿Por qué?

—Porque te has pasado toda la cena mirándome.

—Claro que te miraba, Connie. Estaba pensando en los juegos que más te gustan y por eso te estaba mirando, eso es todo.

Finalmente accedió a jugar al escondite, que yo había sugerido con especial insistencia porque, dado el tamaño de nuestra casa, uno sólo podía esconderse en dos habitaciones, ambas dormitorios. Connie se escondió primero. Me tapé los ojos, percibiendo todo el tiempo sus pasos en el dormitorio de mis padres, oyendo con satisfacción el crujido de la cama..., se había escondido debajo del edredón, que ocupaba el segundo lugar en sus preferencias. Grité: «¡Ya voy!», y empecé a subir las escaleras. Creo que en los primeros escalones no había decidido todavía del todo lo que iba a hacer; quizás sólo echar un vistazo, observar la posición de las cosas, preparar mentalmente un plano para futuras referencias... después de todo, no era cosa de asustar a mi hermanita, que se lo contaría todo a mi padre sin pensárselo dos veces, lo que significaría algún tipo de escena, laboriosas mentiras que inventar, gritos y lágrimas y cosas así, justo cuando necesitaba toda mi energía para la obsesión inmediata. Cuando llegué arriba, no obstante, la sangre se me había desplazado de la cabeza a la ingle, literalmente del sentido a la sensación; al recuperar el aliento en el último escalón, mientras acercaba la mano húmeda al tirador del dormitorio, había decidido violar a mi hermana. Abrí con dulzura la puerta y grité con voz argentina:

—Connieeee, ¿dónde estás? —Eso solía hacerla reír, pero esta vez no se oyó nada.

Me acerqué de puntillas y sin respirar a la cama y entoné:

—Ya séééé dóóónde estás. —E inclinándome sobre el revelador bulto susurré—: Te voy a pescar. —Y empecé a separar suavemente, casi con ternura, el voluminoso cobertor, tratando de ver algo en el oscuro calor de debajo. Aturdido por el deseo, lo levanté bruscamente, y allí no había otra cosa que los pijamas de mis padres, desamparados e inocentes, y cuando me incorporé sorprendido recibí en los riñones un golpe de un vigor tan inusitado que sólo podía provenir de una hermana. Y allí estaba Connie, brincando de regocijo, y una puerta del armario batía tras ella.

–¡Te he visto, te he visto y tú a mí no! –Le di una patada en la espinilla para sentirme mejor y me senté en la cama a considerar mi próximo movimiento, mientras Connie, tan histriónica como cabía prever, ululaba sentada en el suelo.

Al poco rato el ruido me pareció deprimente, por lo que me fui al piso de abajo a leer el periódico, seguro de que Connie no tardaría en seguirme. Me siguió, y estaba enfurruñada.

–¿A qué quieres jugar ahora? –le pregunté. Se sentó al borde del sofá haciendo pucheros, sorbiendo y odiándome. A punto estaba de renunciar al plan y entregarme a una noche de televisión cuando concebí una idea, una idea de tal simplicidad, elegancia, claridad y belleza formal que portaba sobre sí misma, como hecha a la medida, la seguridad de su propio éxito. Hay un juego irresistible para todas las niñas caseras y faltas de imaginación como Connie, un juego con el que Connie me había perseguido desde que aprendió a decir las palabras necesarias, por lo que mis años de niñez fueron hechizados por sus súplicas y exorcizados por mis inevitables negativas; en dos palabras, preferiría que me quemasen vivo a que mis amigos me vieran jugando a ese juego. Y ahora, por fin, íbamos a jugar a Papá y Mamá.

–*Yo sé* a qué te gustaría jugar, Connie –dije. Como es natural, no me contestó, pero dejé las palabras colgando en el aire como cebo–. Hay un juego que a *ti* te gustaría mucho. –Levantó la cabeza.

–¿Qué juego?

–Uno al que siempre quieres jugar.

Se le iluminó la cara.

–¿Papá y Mamá?

Se transformó, aquello fue el éxtasis. Trajo de su habitación cochecitos de niño, muñecas, cocinitas, neveras, catres, tazas de té, una lavadora y una casita de perro, y lo puso todo a mi alrededor en un volátil arranque de celo organizativo.

–Tú te pones ahí, no, allí, y ésta es la cocina y ésta es la puerta por donde entras y no pises ahí porque hay una pared y yo entro y te veo y te digo y entonces me dices y te vas y yo hago la comida.

Me encontré sumergido en el microcosmos de las monótonas y aburridas banalidades cotidianas, en los horrendos y mezquinos detalles de la vida de nuestros padres y sus amigos, esa vida que Connie tan ansiosamente quería imitar. Fui a trabajar y volví, fui a la taberna y volví, fui a echar una carta y volví, leí el periódico, pellizqué las mejillas de baquelita de mi prole, leí otro periódico, pellizqué unas cuantas mejillas más, me fui a trabajar y volví. ¿Y Connie? Ella cocinaba, lavaba en el fregadero, bañaba, alimentaba, dormía y despertaba a sus diecisiete muñecas y después volvía a servir té... y estaba feliz. Diosa-ama de casa intergaláctica, poseía y controlaba cuanto la rodeaba, todo lo veía, todo lo sabía, me decía cuándo había que salir, cuándo entrar, en qué habitación estaba, qué decir, cómo y cuándo decirlo. Estaba feliz. Estaba en su plenitud, jamás he visto un ser humano tan completo, sonreía con un gesto abierto, gozoso e inocente que no he vuelto a ver..., paladeaba el Paraíso sobre la Tierra. Hubo un momento en que se quedó tan bloqueada ante semejante milagro y éxtasis, que sus palabras se ahogaron a mitad de frase, se sentó sobre los talones, con los ojos brillantes, y emitió un largo y musical suspiro de rara y maravillosa felicidad. Casi me dio pena pensar que la iba a violar. Al volver por vigésima vez del trabajo dije:

–Connie, nos estamos olvidando de una de las cosas más importantes que los Papás y las Mamás hacen juntos.

No podía creer que nos hubiésemos olvidado algo y quiso saber de qué se trataba.

–Joden juntos, Connie, no me digas que no lo sabes.

–¿Joden? –En sus labios la palabra parecía extrañamente desprovista de sentido, y supongo que no lo tenía, al menos en lo que a mí tocaba. El asunto era darle algún significado–. ¿Joden? ¿Qué es eso?

–Bueno, es lo que hacen por la noche, cuando se van a la cama, justo antes de dormirse.

–Enséñame.

Le expliqué que teníamos que subir arriba y meternos en la cama.

–No hace falta. Podemos jugar a que esto es la cama –dijo, señalando un cuadrado en el dibujo de la alfombra.

–No puedo jugar y enseñarte al mismo tiempo.

Y heme aquí subiendo una vez más las escaleras, con el corazón palpitante y la virilidad orgullosamente inquieta. Connie estaba también bastante excitada, en el feliz delirio del juego y complacida por sus nuevas perspectivas.

–Lo primero que hacen –dije, llevándola hacia la cama– es quitarse toda la ropa. –La tendí en la cama y, con dedos casi inutilizados por la excitación, le desabroché el pijama; allí quedó desnuda, sentada ante mí, perfumada aún del baño y riéndose como una tonta. Después me desnudé yo, sin quitarme los calzoncillos para no alarmarla, y me senté a su lado. De niños nos habíamos visto los cuerpos lo bastante para que nuestra desnudez no fuera nada extraño, pero hacía tiempo de eso y noté que se inquietaba.

–¿Estás seguro de que hacen esto?

Mi incertidumbre estaba ya oscurecida por la lujuria.

–Sí –dije–, es muy fácil. Tú tienes ahí un agujero y yo meto el pito dentro. –Se echó las manos a la boca, riendo nerviosa e incrédula.

–Qué tontería. ¿Para qué van a hacer eso? –En mi fuero interno tuve que confesar que en aquello había algo de irreal.

—Lo hacen porque es su forma de decirse que se quieren. —Connie empezaba a preguntarse si no me habría inventado aquel asunto, lo que, en cierto modo, supongo era verdad. Me miró fijamente, con los ojos abiertos como platos.

—Estás chiflado. ¿Por qué no se lo dicen y ya está? —Me puse a la defensiva, como un sabio loco explicando su último invento extravagante, el coito, a un público de escépticos racionalistas.

—Mira —le dije a mi hermana—, no es sólo eso. También da mucho gusto. Lo hacen para sentir gusto.

—¿Sentir gusto? —Aún no me creía del todo—. ¿Sentir gusto? ¿Qué es eso de sentir gusto?

—Te voy a enseñar —le dije, tumbándola en la cama y echándome encima de ella según lo deducido de las películas que veía con Raymond. Seguía con los calzoncillos puestos. Connie me miraba distraída, ni siquiera asustada... de hecho, parecía más bien aburrida. Me contorsioné lateralmente con el fin de quitarme los calzoncillos sin tener que levantarme.

—No siento nada —protestó desde abajo—. No siento ningún gusto. ¿Tú sientes algo?

—Espera —gruñí, asiendo los calzoncillos con la punta de los dedos de un pie—, espera un minuto y ya verás. —Empezaba a perder la paciencia con Connie, conmigo mismo, con el universo, pero sobre todo con los calzoncillos, que se enrollaban decididos por los tobillos. Finalmente conseguí liberarme. Tenía la polla dura y pegajosa sobre la barriga de Connie, y empecé a maniobrar con una mano para situarla entre sus piernas mientras apoyaba el cuerpo en la otra mano. Busqué su diminuta hendidura sin la menor idea de lo que buscaba, pero en el fondo esperando transformarme en cualquier momento en un torbellino humano de sensaciones. Creo que tenía en la cabeza algo así como una cámara tibia y carnosa, pero tras mucho empujar y rastrear, clavar y acariciar, no encontré más que piel tensa y resistente. Connie, mientras tanto, se limitaba a estar tumbada, haciendo pequeños comentarios ocasionales.

—Aay, eso es por donde hago pis. Estoy segura de que *nuestra* mamá y *nuestro* papá no hacen esto. —El brazo de apoyo se me dormía, me sentía como un novato, pero seguía tanteando y empujando, cada vez más desesperado—. Sigo sin sentir nada —repetía Connie, y yo sentí que se escapaba una onza más de mi virilidad. Finalmente tuve que descansar. Me senté al borde de la cama para meditar sobre mi lamentable fracaso mientras Connie, a mis espaldas, se incorporaba y se apoyaba en los codos. Unos instantes más tarde sentí que la cama temblaba con silenciosos espasmos y al darme la vuelta vi a Connie con el rostro arrugado y lágrimas en los ojos, incapaz de hablar y retorciéndose en su afán de contener la risa.

—¿Qué pasa? —pregunté, pero sólo era capaz de señalar hacia donde yo me encontraba y gemir, y después se tumbó otra vez, jadeando y vencida por el regocijo. Sentado a su lado, sin saber qué pensar, decidí, mientras Connie temblaba a mis espaldas, que una nueva intentona estaba fuera de lugar. Finalmente, pudo pronunciar algunas palabras. Se incorporó, señaló a mi aún erecta polla y balbució:

—Parece tan..., parece tan... —tuvo otro ataque y después consiguió decir en un solo chillido—: *tan tonto, parece tan tonto* —para recaer en una risita aguda y zumbona. Yo meditaba en un vacío solitario y desinflado, llevado por esta última humillación a percatarme de que no tenía a mi lado a una verdadera chica, aquello no era verdaderamente representativo de ese sexo; no era un chico, desde luego, ni tampoco, en definitiva, una chica... después de todo era mi hermana. Me miré la polla, fláccida, meditando sobre su vergonzoso aspecto, y cuando me disponía a poner en orden la ropa, Connie, ya silenciosa, me tocó el codo.

—Yo sé dónde va —dijo, y se tumbó en la cama con las piernas bien abiertas, cosa que a mí no se me había ocurrido pedirle. Se puso cómoda entre las almohadas—. Sé donde está el agujero.

Olvidé la hermana y mi polla respondió curiosa y esperanzada a la invitación susurrada por Connie. Ya se encontraba bien, estaba metida en Papás y Mamás y controlaba de nuevo el juego. Me introdujo con la mano en su coño de niña, seco y estrecho, y nos quedamos un rato inmóviles. Deseé que Raymond pudiera verme, y me alegró que me hubiera apercibido de mi virginidad, deseé que pudiera verme la pequeña Lulú, y en verdad, de haberse colmado mis deseos, hubiera hecho pasar a todos mis amigos, a todos mis conocidos, por el dormitorio para captarme en tan espléndida pose. En efecto, más que placer, más que explosión alguna en los oídos, lanzazos en el estómago, alboroto en la ingle o zarpazos en el alma, sensaciones que en cualquier caso no tuve, lo que sentí fue orgullo, orgullo de estar jodiendo aunque sólo fuera a Connie, mi hermanita de diez años, y aunque hubiera sido una cabra lisiada me hubiera sentido orgulloso de estar tumbado en tan viril posición, orgulloso anticipando el poder decir «he jodido», orgulloso de pertenecer íntima e irreversiblemente a esa mitad superior de la humanidad que ha conocido el coito y fertilizado el mundo con él. Connie permanecía también inmóvil, con los ojos semicerrados, respirando profundamente... estaba dormida. Hacía mucho tiempo que su hora de acostarse había pasado, y nuestro extraño juego la había agotado. Me moví dulcemente adelante y atrás, unas pocas veces, y me corrí tristemente, rendido y sin sentir apenas placer. Connie se despertó indignada.

27

–Me estás mojando por dentro. –Y se puso a llorar. Sin darme apenas cuenta, me levanté y empecé a vestirme. Aunque bien pudo ser éste uno de los ayuntamientos más desoladores que haya conocido la humanidad fornicadora, con mentiras, engaños, humillación, incesto, compañera dormida, orgasmo de mosquito y los sollozos que ahora llenaban el dormitorio, yo estaba encantado con él, con Connie, conmigo mismo, dispuesto a dejar que todo ello descansara, a abandonar el tema. Llevé a Connie al cuarto de baño y empecé a llenar el lavabo... mis padres llegarían pronto y Connie tenía que estar dormida en su cama. Había llegado por fin al mundo adulto, estaba complacido, pero por el momento no tenía ganas de ver más chicas desnudas, ni nada desnudo. Al día siguiente le diría a Raymond que olvidase la cita con Lulú, salvo que quisiera ir solo. Y yo estaba plenamente seguro de que no querría.

GEOMETRÍA DE SÓLIDOS

El año 1875, en Melton Mowbray, mi bisabuelo, acompañado por su amigo M, pujó en una subasta de artículos de «gran curiosidad y valor» por el pene del Capitán Nicholls, muerto en la cárcel de Horsemonger en 1873. Se encontraba en un recipiente de cristal de doce pulgadas de longitud y, según anotó mi bisabuelo en su diario aquella noche, «en excelente estado de conservación». También se subastaba «la parte no mencionable de la difunta Lady Barrymore. Se la llevó Sam Israel por cincuenta guineas». A mi abuelo le gustaba la idea de poseer ambos artículos, como pareja, pero M le disuadió. Ello ilustra a la perfección su amistad. Mi bisabuelo era el teórico excitado, M el hombre de acción que sabía cuándo pujar en las subastas. Mi bisabuelo vivió sesenta y nueve años. Durante cuarenta y cinco de ellos, al terminar el día, se sentaba antes de acostarse a escribir sus pensamientos en un diario. Ahora tengo esos diarios sobre la mesa, cuarenta y cinco volúmenes encuadernados en piel de becerro, y a su izquierda está el Capitán Nicholls en su jarra de cristal. Mi bisabuelo vivía de los ingresos derivados de la patente de un invento de su padre, un cómodo corchete utilizado por los fabricantes de corsés hasta el estallido de la Primera Guerra Mundial. A mi bisabuelo le gustaban el cotilleo, los números y las teorías. También le gustaban el tabaco, el buen oporto, el paté de liebre y, muy de vez en cuando, el opio. Le gustaba considerarse matemático, aunque jamás tuvo un empleo y nunca publicó un libro. Tampoco llegó nunca a viajar, ni su nombre a salir en el *Times,* ni siquiera cuando murió. En 1869 casó con Alicia, hija única del reverendo Toby Shadwell, coautor de un libro de poco renombre sobre flores silvestres inglesas. En mi opinión, mi bisabuelo fue un excelente redactor de diarios, y cuando termine de preparar la edición de los suyos y se publiquen estoy seguro de que será reconocido como se merece. Cuando termine el trabajo me tomaré unas largas vacaciones, iré a algún sitio frío y limpio y sin árboles, Islandia o las estepas rusas. Antes tenía la intención de divorciarme, si era posible, de Maisie, mi mujer, pero ya no hace ninguna falta.

Maisie gritaba en sueños a menudo, y yo tenía que despertarla.

–Abrázame –solía decir–. Ha sido un sueño horrible. No es la primera vez que lo tengo. Estaba en un avión, volando por encima de un desierto. Pero en realidad no era un desierto. Descendí y vi que había miles de bebés amontonados, tendiendo los brazos hacia el horizonte, todos desnudos y trepando unos por encima de otros. Me estaba quedando sin gasolina y tenía que aterrizar. Traté de buscar sitio, volé y volé buscando un sitio...

–Ahora duérmete –dije, bostezando–. No era más que un sueño.

–¡No! –gritó–. No debo dormirme, todavía no.

–Bueno, pues *yo* tengo que dormir ahora –le dije–. Tengo que levantarme temprano.

Me sacudió por el hombro.

–Por favor, no te duermas todavía, no me dejes aquí.

—Estoy en la misma cama —le dije—. No te voy a dejar sola.

—No importa, no me dejes despierta... —Pero mis ojos ya se cerraban.

Últimamente he caído en la costumbre de mi bisabuelo. Antes de acostarme, me siento media hora a pensar en el día que ha pasado. No tengo caprichos matemáticos ni teorías sexuales que anotar. Casi lo único que escribo es lo que Maisie me ha dicho y lo que yo le he dicho a Maisie. A veces, para mayor intimidad, me encierro en el cuarto de baño, me siento en el retrete y apoyo el cuaderno en las rodillas. Aparte de mí, en el cuarto de baño hay de vez en cuando una o dos arañas. Suben por la tubería de desagüe y se agazapan, completamente inmóviles, sobre el esmalte blanco y reluciente. Deben preguntarse dónde han ido a parar. Después de pasarse unas cuantas horas agazapadas regresan, perplejas, o quizás decepcionadas de no haber podido saber más. Que yo sepa, mi bisabuelo sólo se refirió en una ocasión a las arañas. El 8 de mayo de 1906 escribió: «Bismarck es una araña.»

Por la tarde, Maisie solía traerme el té y contarme sus pesadillas. Yo andaba en general revisando periódicos viejos, compilando índices, catalogando temas, cogiendo un volumen, dejando otro. Maisie decía que no se encontraba bien. Últimamente se pasaba todo el día en casa hojeando libros de psicología y ocultismo, y casi todas las noches tenía pesadillas. Desde el día en que nos agredimos físicamente, acechándonos a la salida del cuarto de baño para pegarnos ambos con el mismo zapato, la compadecía más bien poco. Su problema era en parte cuestión de celos. Estaba muy celosa... del diario en cuarenta y cinco volúmenes de mi bisabuelo, y de mi energía y voluntad de editarlo. Ella no hacía nada. Yo andaba levantando un volumen y dejando otro cuando Maisie entró con el té.

–¿Te puedo contar lo que he soñado? –preguntó–. Estaba pilotando un avión por encima de una especie de desierto...

–Luego me lo cuentas, Maisie –dije yo–. Estoy en mitad de algo. –Cuando se fue, me puse a contemplar la pared situada frente a mi escritorio y pensé en M, que durante quince años vino regularmente a cenar y charlar con mi bisabuelo, hasta que una noche del año 1898 desapareció súbitamente y sin explicación. M, quienquiera que fuese, tenía algo de académico, no sólo de hombre de acción. La noche del 9 de agosto de 1870, por ejemplo, hablando con mi bisabuelo sobre las diversas posturas para hacer el amor, M le dice que la copulación *a posteriori* es la forma más natural, debido a la posición del clítoris y porque otros antropoides prefieren este método. Mi bisabuelo, que había copulado una media docena de veces en toda su vida, todas ellas con Alicia y durante su primer año de matrimonio, se preguntó en voz alta cuál sería la opinión de la Iglesia, y M supo decirle que Teodoro, teólogo del siglo VII, consideraba la copulación *a posteriori* como un pecado comparable a la masturbación y merecedor, en consecuencia, de cuarenta penitencias. Más avanzada la misma noche, mi bisabuelo aportó pruebas matemáticas de que el número máximo de posiciones no puede exceder el número primo diecisiete. M se rió y le dijo que había visto una colección de dibujos de Romano, un discípulo de Rafael, donde se mostraban veinticuatro posiciones. Además, dijo, había oído hablar de un tal F. K. Forberg que relacionaba noventa. Cuando me acordé del té que Maisie había dejado a mi lado, ya se había enfriado.

Seguidamente voy a relatar cómo se alcanzó un estadio importante en el progresivo deterioro de nuestro matrimonio. Una noche estaba sentado en el cuarto de baño, describiendo una conversación que había tenido con Maisie sobre las cartas del Tarot, cuando súbitamente la sentí al otro lado de la puerta, aporreándola y sacudiendo la manija.

—Abre la puerta —gritó—. Quiero entrar.

—Tendrás que esperar unos minutos —le respondí—. Ya casi he terminado.

—Déjame entrar —gritó—. No estás usando el retrete.

—Espera —repuse, y escribí una o dos líneas más. Maisie ya había empezado a pegarle patadas a la puerta.

—Me ha llegado el período y necesito coger una cosa.

Haciendo caso omiso de sus alaridos, completé la obra, que me parecía especialmente importante. Si lo dejaba para más tarde se perderían algunos detalles. No se oía a Maisie y supuse que estaría en el dormitorio, pero al abrir la puerta me la encontré cerrándome el camino, con un zapato en la mano Me golpeó con el tacón en la cabeza, tan rápidamente que sólo tuve tiempo de apartarme un poco hacia un lado. El tacón me cazó en la parte superior de la oreja y me hizo un corte profundo.

—Ahí tienes —dijo Maisie y, evitando chocar conmigo, se metió en el cuarto de baño—. Así sangramos los dos. —Y cerró de un portazo.

Recogí el zapato y me aposté paciente y silenciosamente a la salida del cuarto de baño, apretándome un pañuelo contra la oreja, que seguía sangrando. Maisie estuvo unos diez minutos en el cuarto de baño, y cuando salió la cazé limpia y certeramente en mitad de la cabeza. No le di tiempo a moverse. Se quedó perfectamente inmóvil un instante, mirándome fijamente a los ojos.

—Gusano —musitó, y se encaminó a la cocina para frotarse la cabeza sin que yo la viera.

Ayer, durante la cena, Maisie sostuvo que un hombre encerrado en una celda con unas cartas de Tarot tendría acceso a todo conocimiento. Aquella tarde había estado leyendo las cartas, que seguían esparcidas por el suelo.

–¿Podrías conocer la disposición de las calles de Valparaíso con las cartas? –pregunté.

–No seas idiota –respondió.

–¿Podrían decirme la mejor forma de montar una lavandería, la mejor forma de hacer una tortilla o un riñón artificial?

–Tienes una mente tan estrecha –se quejó–. Eres tan limitado, tan predecible...

–¿Podría decirme –insistí–, quién es M, o por qué...?

–Son cosas que no importan –chilló–. No son necesarias.

–No dejan de ser conocimientos. ¿Sería capaz de averiguarlo?

Vaciló.

–Sí que sería capaz.

Sonreí y callé.

–¿De qué te ríes? –dijo. Me encogí de hombros, y empezó a enfadarse. Quería que la refutase–. ¿Por qué haces todas esas preguntas sin sentido?

Una vez más me encogí de hombros.

–Sólo quería saber si de verdad hablabas de *todo*.

Maisie pegó un puñetazo en la mesa y gritó:

–¡Maldita sea! ¿Por qué tienes que estar siempre poniéndome a prueba? ¿Es que no puedes decir algo real alguna vez? –Entonces ambos nos dimos cuenta de que habíamos llegado al punto donde siempre terminaban nuestras discusiones y volvimos a un amargo silencio.

Mi trabajo con los diarios no puede avanzar mientras no haya conseguido aclarar el misterio de M. Después de ir a cenar con regularidad a casa de mi bisabuelo durante quince años, proporcionándole una gran masa de material para sus teorías, M sencillamente desaparece de las páginas del diario. El martes 6 de diciembre, mi bisabuelo invitó a M a cenar con él el sábado siguiente y, aunque M acudió, las notas del día de mi bisabuelo sólo dicen «M a cenar». En todos los demás días se registra con gran lujo de detalles la conversación de la comida. M había acudido a cenar el lunes 5 de diciembre, y la conversación había versado sobre geometría, y las anotaciones del resto de la semana están dedicadas por entero al mismo tema. No hay la menor sugerencia de antagonismo. Además, mi bisabuelo *necesitaba* a M. M le proporcionaba material, M estaba al tanto de lo que pasaba, conocía bien Londres y había estado varias veces en el continente. De socialismo y de Darwin lo sabía todo, y tenía un conocido en el movimiento del amor libre, un amigo de James Hinton. M estaba *en* el mundo, a diferencia de mi abuelo, que sólo salió una vez en su vida de Melton Mowbray, para visitar Nottingham. Mi bisabuelo prefirió desde su juventud teorizar junto al fuego; lo único que necesitaba era el material que M le proporcionaba. Por ejemplo, una noche de junio del año 1884, M, que acababa de volver de Londres, le contó a mi abuelo que las calles de la ciudad estaban llenas de excrementos de caballo. Mi bisabuelo había estado leyendo precisamente esa semana el ensayo de Malthus titulado «Del principio de la población». Aquella noche menciona muy excitado en su diario un panfleto que pensaba escribir y publicar. Se titularía «De Stercore Equorum». El panfleto no llegó nunca a publicarse, ni probablemente a escribirse, pero hay notas detalladas en las anotaciones de las dos semanas siguientes. En «De Stercore Equorum» («Sobre la mierda de caballo») supone un crecimiento geométrico de la población equina y, trabajando sobre planos detallados de las calles de la ciudad, predice que la metrópolis sería intransitable en 1935. Impracticable significaba un grosor medio de un pie (comprimido) en todas las calles principales. Describe detallados experimentos, realizados en sus propias cuadras, para determinar la capacidad de comprensión del estiércol de caballo, que consigue expresar matemáticamente. Naturalmente, era pura teoría. Sus resultados se basaban en la suposición de que no se barrería el estiércol durante los cincuenta años siguientes. Es bien probable que fuera M quien disuadiera a mi bisabuelo de su proyecto.

Una mañana, tras una larga noche de pesadillas de Maisie, estábamos juntos en la cama y yo dije:

–¿Qué es lo que quieres en realidad? ¿Por qué no vuelves a tu trabajo? Esos largos paseos, todo este análisis, sentada en casa, tumbada en la cama toda la mañana, las cartas de Tarot, las pesadillas... ¿qué buscas?

Y me dijo:

–Quiero ponerme la cabeza en orden. –Cosa que ya me había dicho muchas veces.

Yo dije:

–Tu cabeza, tu mente, no es como la cocina de un hotel, sabes, no puedes desechar cosas como si fueran latas viejas. Se parece más a un río que a un lugar, cambia y se mueve todo el tiempo. No puedes obligar al río a discurrir derecho.

–No empecemos otra vez –dijo–. No estoy tratando de hacer que los ríos vayan derechos, sólo estoy tratando de ponerme la cabeza en orden.

–Tienes que *hacer* algo –le dije–. No puedes estar sin hacer nada. ¿Por qué no vuelves al trabajo? Cuando trabajabas nunca tenías pesadillas. Nunca eras tan desgraciada cuando trabajabas.

–Tengo que apartarme de todo eso –dijo–. No estoy segura de lo que significa.

–Moda –dije–. No es más que moda. Metáforas de moda, lecturas de moda, malestar de moda. ¿Qué te importa Jung, por ejemplo? Has leído doce páginas en un mes.

–No sigas pot ahí –suplicó–. Ya sabes que no llegamos a ningún sitio.

Pero yo seguí.

—Nunca has estado en ninguna parte —le dije—. Nunca has hecho nada. Eres una chica guapa que no ha tenido siquiera la bendición de una infancia triste. Tu budismo sentimental, este misticismo de trastero, esa terapia de pebete, esa astrología de revista... nada de eso es tuyo, no has llegado a nada de eso por ti sola. Has caído allí, has caído en un lodazal de intuiciones respetables. No tienes ni la originalidad ni la pasión suficientes para intuir por ti sola algo que no sea tu propia infelicidad. ¿Por qué tienes que llenarte la cabeza con las vulgaridades místicas de otra gente y fabricarte pesadillas? —Me levanté de la cama, descorrí las cortinas y empecé a vestirme.

—Hablas como si esto fuera un seminario sobre ficción —dijo Maisie—. ¿Por qué tienes que ponerme peor las cosas? —Empezó a rebosar autocompasión, pero logró dominarla—. Cuando te pones a hablar —siguió diciendo—, siento, sabes, que me enrollan como si fuese una hoja de papel.

—A lo mejor *sí* que estamos en un seminario sobre ficción —dije, ceñudo. Maisie se sentó en la cama con los ojos fijos en el regazo. De pronto cambió de tono. Golpeó ligeramente la almohada que tenía a su lado y dijo con dulzura:

—Ven aquí. Siéntate aquí. Quiero tocarte, quiero que me toques... —Pero yo, tras un suspiro, me encaminaba ya hacia la cocina.

En la cocina me preparé algo de café y me lo llevé al estudio. Durante la noche de sueño interrumpido se me había ocurrido que en las páginas de geometría a lo mejor encontraba una pista sobre la desaparición de M. Las matemáticas no me interesan, y siempre me había saltado aquellas páginas. El lunes 5 de diciembre de 1898, M y mi bisabuelo habían discutido la *vescia piscis,* que según parece es objeto de la primera proposición de Euclides y ha tenido profunda influencia en los fundamentos de muchos antiguos edificios religiosos. Leí cuidadosamente la relación de la conversación, intentando comprender lo mejor posible sus aspectos geométricos. Después, al pasar de página, encontré una larga anécdota que M relató a mi bisabuelo aquella misma noche, servido ya el café y encendidos los cigarros. Cuando empezaba a leerla entró Maisie.

–Y tú, ¿qué? –dijo, como si nuestra conversación no llevara una hora interrumpida–. Todo lo que tienes son libros. Arrastrándote por el pasado como una mosca en la mierda.

Me enfadé, claro, pero sonreí y dije alegremente:

–¿Arrastrándome? Bueno, por lo menos me muevo.

–No me hablas nunca más –dijo–. Juegas conmigo igual que con una máquina, a ver cuántos puntos sacas.

–Buenos días, Hamlet –respondí, y me quedé inmóvil en la silla a esperar con paciencia lo que me tuviera que decir. Pero no dijo nada, se fue, cerrando con cuidado la puerta del estudio al salir.

–En septiembre de 1870 –le decía M a mi bisabuelo,

llegaron a mis manos ciertos documentos que no sólo invalidan cuanto hay de fundamental en nuestros conocimientos de geometría de sólidos sino que también socavan todos los cánones de nuestras leyes físicas y nos obligan a redefinir nuestro lugar en el esquema de la Naturaleza. Estos papeles sobrepasan en importancia a las obras de Marx y Darwin combinadas. Me los confió un joven matemático americano, y son obra de David Hunter, escocés y también matemático. El nombre del americano era Goodman. Yo había mantenido con su padre una correspondencia de varios años en relación con su trabajo sobre la teoría cíclica de la menstruación, que, aunque parezca increíble, sigue estando generalmente desacreditada en este país. Tropecé con el joven Goodman en Viena, donde había participado, junto con Hunter y otros ma-

temáticos de una docena de países, en una conferencia internacional sobre matemáticas. Cuando nos encontramos, Goodman estaba pálido y muy perturbado, y planeaba marcharse a América al día siguiente, a pesar de que la conferencia no había llegado aún a la mitad de su desarrollo. Me encomendó los papeles. con instrucciones de entregárselos a David Hunter si alguna vez llegaba a conocer su paradero. Y después, tras mucha insistencia y persuasión por mi parte, me contó lo que había visto el tercer día de la conferencia. La conferencia se reunía cada mañana a las nueve y media; se leía una comunicación y se abría un debate general. A las once se traían refrescos, y muchos de los matemáticos se levantaban de la mesa, larga y pulida como un espejo, alrededor de la cual se reunían, para ponerse a pasear por la larga y elegante habitación charlando de asuntos informales con sus colegas. Ahora bien, la conferencia duraba dos semanas, y según un arreglo tradicional, los primeros en leer sus comunicaciones eran los matemáticos más eminentes, seguidos de los un poco menos eminentes y así sucesivamente, en una jerarquía descendente de dos semanas de duración que causaba, como acostumbra a ocurrir entre hombres de gran inteligencia, envidias ocasionales pero intensas. Hunter era un matemático brillante, pero aún joven y prácticamente desconocido fuera de su propia universidad, que era la de Edimburgo. Había solicitado presentar lo que él calificaba de documento de gran importancia en el campo de la geometría de sólidos, pero como contaba poco en aquel panteón, le había tocado leerlo el penúltimo día, cuando la mayor parte de las figuras importantes habrían emprendido ya el regreso a sus respectivos países. Así pues, en la tercera mañana, mientras los criados entraban con los refrescos, Hunter se levantó de pronto e interpeló a sus colegas cuando éstos se levantaban de sus asientos. Era un hombre grande y peludo que, a pesar de su juventud, imponía en cierto modo por su presencia, y el zumbido de las conversaciones se redujo a un completo silencio.

–*Caballeros* –*dijo Hunter*–, *les pido disculpas por esta forma poco adecuada de dirigirme a ustedes, pero tengo que comunicarles algo de la mayor importancia. He descubierto el plano sin superficie.*

Entre sonrisas conmiserativas y risas confusas y suaves, Hunter cogió de la mesa una hoja grande de papel en blanco. Hizo con un cortaplumas una incisión de unas tres pulgadas en la superficie de papel, cerca del centro. Después hizo rápidamente unos complicados pliegues, levantó el papel para que todos pudieran verlo, dio la impresión de que pasaba una esquina del mismo por la incisión, y al hacerlo el papel desapareció.

–Observen, caballeros –*dijo Hunter, mostrando sus manos vacías a los demás*–. *El plano sin superficie.*

Maisie entró en la habitación, bien lavada y oliendo levemente a jabón perfumado. Se acercó por detrás hasta mi silla y me puso las manos en los hombros.

–¿Qué estás leyendo? –dijo.

–Bueno, partes del diario que no había leído antes. –Empezó a masajearme suavemente la base del cuello. Si sólo hubiéramos llevado un año casados me hubiera parecido agradable, pero llevábamos seis años y aquello me generó una especie de tensión que se transmitió a toda la columna. Maisie quería algo. Puse mi mano derecha sobre su mano izquierda para retenerla, pero lo tomó por un gesto cariñoso, se inclinó hacia adelante y me besó detrás de la oreja. El aliento le olía a pasta de dientes y a tostadas. Me tironeó del hombro.

–Vamos al dormitorio –susurró–. Hace casi dos semanas que no hacemos el amor.

–Ya sé –respondí–. Ya sabes lo que pasa... con mi trabajo. –No deseaba a Maisie, ni a ninguna otra mujer. Lo único que quería era pasar la página del diario de mi bisabuelo. Maisie me quitó las manos de los hombros y se quedó inmóvil. Había tal ferocidad en su silencio, que me sentí tan tenso como un corredor en la línea de salida. Alargó un brazo y cogió la jarra sellada que contenía al Capitán Nicholls. La levantó, y el pene se desplazó ensoñadoramente de un lado al otro del cristal.

–Eres tan EGOÍSTA –chilló Maisie, un instante antes de lanzar contra la pared la botella de cristal. Me cubrí instintivamente la cara con las manos para defenderme de los pedazos de vidrio. Cuando abrí los ojos escuché mi propia voz diciendo:

–¿Por qué has hecho eso? Era de mi bisabuelo.

Entre los cristales rotos y el creciente hedor a formol, el Capitán Nicholls yacía relajado sobre las tapas de piel de uno de los volúmenes del diario, gris, blando y amenazador, transformado de una curiosidad preciada en una horrible obscenidad.

–Es espantoso. ¿Por qué has hecho eso? –dije de nuevo.

–Me voy a dar una vuelta –respondió Maisie, y esta vez dio un portazo al marcharse.

Permanecí largo rato sentado donde estaba. Maisie había destruido un objeto de gran valor para mí. Estuvo en su estudio durante su vida, y después en el mío, ligando mi vida a la suya. Recogí algunas astillas de cristal que me habían caído en el regazo y observé el pedazo de otro ser humano que a sus 160 años descansaba sobre mi mesa. Lo miré y pensé en todos los enjambres de homúnculos que habían transitado por él. Pensé en todos los lugares donde había estado, Ciudad del Cabo, Boston, Jerusalén, viajando en el interior, oscuro y fétido, de los calzones del Capitán Nicholls, exponiéndose de vez en cuando a algún sol deslumbrante para descargar orina en algún lugar público atestado de gente. Pensé también en todo lo que había tocado, en todas las moléculas, en las manos exploradoras del Capitán Nicholls durante las noches solitarias y sin otro consuelo de sus travesías marítimas, en las paredes húmedas de coños de muchachas jóvenes y zorras viejas, cuyas moléculas deben existir todavía, como un polvo fino volando con el viento de Cheapside a Leicestershire. Quién sabe cuánto hubiera podido aún durar en su jarra de cristal. Me dispuse a poner un poco de orden. Traje el cubo de la basura de la cocina. Barrí y recogí todo el cristal que encontré y fregué el formol. Después intenté colocar al Capitán Nicholls en una página de periódico, cogiéndolo por un extremo. El prepucio empezó a desprenderse entre mis dedos y el estómago me dio un vuelco. Finalmente conseguí lo que me proponía, no sin cerrar los ojos, y envolviéndolo cuidadosamente en el periódico, lo saqué al jardín y lo enterré debajo de los geranios. Durante todo este proceso traté de evitar que mi resentimiento con Maisie me ocupara el pensamiento. Quería seguir con la historia de M. De vuelta en mi silla, limpié unas gotas de formol que habían emborronado el escrito y me puse a leer.

La habitación se quedó helada un minuto entero, y a cada segundo que pasaba parecía helarse más. El primero en hablar fue el Dr. Stanley Rose, de la Universidad de Cambridge, que tenía mucho que perder con el plano sin superficie de Hunter. Su reputación, en verdad muy considerable, se basaba en sus «Principios de geometría de sólidos».

—Cómo se atreve, señor mío. Cómo se atreve a insultar a la dignidad de esta asamblea con un despreciable truco de prestidigitador. —Después, alentado por el creciente murmullo de la concurrencia a sus espaldas, añadió—: Debiera darle vergüenza, joven, muchísima vergüenza. —Entonces la habitación estalló como un volcán. Todos, excepto el joven Goodman y los criados, que seguían allí con los refrescos, se volvieron hacia Hunter y le dirigieron un batiburrillo sin sentido de denuncias, invectivas y amenazas. Algunos, furiosos, golpearon la mesa con el puño, otros

lo agitaron cerrado en el aire. Un caballero alemán muy frágil cayó al suelo con un ataque de apoplejía y hubo que ayudarle a sentarse. Hunter, mientras tanto, no se movió; firme y sin dar muestras de preocupación, mantenía la cabeza ligeramente inclinada hacia un lado y los dedos apoyados levemente en la superficie de la encerada mesa. El hecho de que un despreciable truco de prestidigitador provocara tal tumulto demostraba hasta qué punto había generado inquietud, detalle que sin duda no pasó desapercibido a Hunter. Levantó la mano, los demás enmudecieron otra vez súbitamente y dijo:

—Caballeros, su preocupación es comprensible, por lo que voy a presentar otra prueba, la prueba definitiva. —Una vez dicho esto, se sentó y se quitó los zapatos, se levantó y se quitó la chaqueta, y finalmente pidió un voluntario que le ayudase, acercándose Goodman. Hunter se abrió paso entre la multitud hasta un canapé pegado a una de las paredes, y mientras se instalaba en él pidió a Goodman, que le miraba perplejo, que al regresar a Inglaterra se llevara los papeles de Hunter y los conservase hasta que él pasara a recogerlos. Cuando los matemáticos se agolparon alrededor del canapé. Hunter se colocó boca abajo y entrelazó las manos detrás de la espalda en una posición extraña que formaba un aro con los brazos. Pidió a Goodman que le sujetara los brazos en esa posición, se tumbó de lado e inició una serie de complicados movimientos bruscos que le permitieron pasar un pie por el aro. Pidió a su ayudante que le tumbara sobre el otro lado, y allí realizó de nuevo los mismos movimientos hasta conseguir pasar el otro pie entre sus brazos, flexionando al mismo tiempo el tronco para poder pasar la cabeza por el aro en dirección opuesta a la de sus pies. Ayudado por su asistente, comenzó a pasar la cabeza y la pierna, en dirección opuesta, por el aro que formaban sus brazos. En ese momento, la distinguida asamblea emitió, unánime, un gañido de total incredulidad. Hunter estaba desapareciendo, y mientras su cabeza y sus piernas pasa-

ban, con mayor facilidad que antes, entre sus brazos, hasta el punto de parecer impulsadas por un poder invisible, él casi se había ido. Un segundo más tarde... se había ido, se había ido del todo, no quedaba nada.

La historia de M excitó extraordinariamente a mi bisabuelo. Esa noche describe en su diario cómo intentó «convencer a mi invitado de que mandara a buscar los papeles de inmediato», a pesar de que ya eran las dos de la mañana. M, sin embargo, veía todo el asunto con mayor escepticismo. «Los americanos –le dijo a mi bisabuelo–, se dejan llevar a menudo por historias fantásticas.» Prometió, sin embargo, traer los papeles al día siguiente. Aunque M no cenó con mi bisabuelo aquella noche porque ya tenía un compromiso, se presentó, bien entrada la tarde, con los papeles. Antes de despedirse le dijo a mi bisabuelo que había repasado los papeles unas cuantas veces y que «no tenían ningún sentido». No sabía hasta qué punto subestimaba la capacidad de mi bisabuelo como matemático aficionado. Sentados frente al fuego de la sala de estar, con una copa de jerez en la mano, los dos amigos quedaron en cenar juntos de nuevo al término de la semana, concretamente el sábado. Durante los tres días siguientes, mi bisabuelo se dedicó a los teoremas de Hunter hasta el punto de casi olvidarse de comer y dormir. El diario no habla de otra cosa. Las páginas están llenas de garabatos, diagramas y símbolos. Parece que Hunter tuvo que inventar toda una nueva serie de símbolos, prácticamente un lenguaje nuevo, para expresar sus ideas. A fines del segundo día, mi bisabuelo abrió la primera brecha. Al pie de una página de garabatos matemáticos escribió: «la dimensionalidad está en función de la conciencia». Al pasar a las anotaciones del día siguiente leí las palabras «desapareció entre mis manos». Había restablecido el plano sin superficie. Y allí, ante mis ojos, había instrucciones detalladísimas sobre la manera de doblar la hoja de papel. Al pasar de página comprendí de pronto el misterio de la desaparición de M. Alentado sin duda por mi bisabuelo, aquella noche había participado en un experimento científico, probablemente con el mayor escepticismo. En efecto, mi bisabuelo había dibujado una serie de pequeños bosquejos que ilustraban lo que a primera vista parecían posiciones de yoga. Evidentemente, se trataba del secreto de la desaparición de Hunter.

Con las manos temblando, hice sitio en la mesa. Escogí una hoja en blanco de papel para mecanografía y la puse ante mí. Fui al cuarto de baño a buscar una cuchilla. Revolví en un cajón hasta encontrar un viejo compás, saqué punta a un lápiz y lo encajé en su lugar. Busqué por toda la casa hasta encontrar una buena regla de acero que había utilizado una vez para ajustar los cristales de las ventanas, y así terminé mis preparativos. Primero tuve que cortar el papel a su tamaño adecuado. Evidentemente, el papel que Hunter recogió de la mesa había sido preparado de antemano con todo cuidado. La longitud de los lados tenía que expresar una relación determinada. Con ayuda del compás encontré el centro del papel y dibujé allí una línea paralela a uno de los lados, prolongándola hasta el mismo borde de la hoja. Después tuve que construir un rectángulo cuyas medidas tenían una relación determinada con los lados del papel. El centro de este rectángulo coincidía con la línea cortándola por su justo medio. Desde la parte superior del rectángulo dibujé arcos intersecantes, de radios proporcionales específicos. Repetí la operación en la base del rectángulo, y en el punto de unión de los dos puntos de intersección establecí la línea de incisión. Después me puse a trabajar en los pliegues. Cada línea parecía expresar, mediante su longitud, su ángulo de inclinación y su punto de intersección con otras líneas, una misteriosa armonía numérica interior. Mientras intersecaba arcos, dibujaba líneas y hacía pliegues sentía que manipulaba ciegamente un sistema de la más alta y terrible forma de conocimiento, las matemáticas de lo Absoluto. Cuando terminé el último pliegue, el papel tenía la forma de una flor geométrica con tres anillos concéntricos dispuestos alrededor de la incisión central. Era un diseño tan sereno y perfecto, algo tan remoto e imponente, que al mirarlo sentí que entraba en un ligero trance y que mi mente se iba poniendo a la vez clara e inactiva. Moví la cabeza y aparté la vista. Había llegado el momento de volver la flor sobre sí misma y hacerla pasar por la incisión. Era una operación delicada, y las manos me volvían a temblar. Sólo podía calmarme mirando fijamente al centro de la figura. Empecé a empujar con los pulgares los lados de la flor de papel hacia el centro, y al hacerlo sentí un entumecimiento en la zona posterior del cráneo. Empujé un poco más, el papel brilló un instante, haciéndose más blanco, y entonces *pareció* desaparecer. Digo que «pareció» porque al principio no pude determinar con exactitud si todavía lo sentía en las manos pero no lo veía, si lo veía pero no lo sentía o si sentía que había desaparecido aunque sus propiedades externas permanecían. El entumecimiento se había extendido por toda la cabeza y por los hombros. Mis sentidos parecían inadecuados para captar lo que estaba ocurriendo. «La dimensionalidad está en función de la conciencia», pensé. Uní las manos y no encontré nada entre ellas, pero ni siquiera después de abrirlas de nuevo y no ver nada pude estar seguro de que la flor de papel se había ido por completo. Quedaba una impresión, una segunda imagen, no en la retina sino en la misma mente. En ese momento se abrió la puerta a mis espaldas y Maisie dijo:

–¿Qué estás haciendo?

Regresé al cuarto como si despertara de un sueño y percibí un ligero olor a formol. Había pasado mucho, mucho tiempo desde la destrucción del Capitán Nicholls, pero el olor avivó mi resentimiento, que se expandió en mi interior como el entumecimiento. Maisie estaba tranquila en la puerta, enmascarada tras un grueso abrigo y una bufanda de lana. Parecía muy lejana, y al mirarla mi resentimiento se transformó en el tedio habitual de nuestro matrimonio. ¿Por qué rompió el cristal?, pensé. ¿Porque quería hacer el amor? ¿Porque quería un pene? ¿Porque estaba celosa de mi trabajo y quería destrozar la conexión que tenía con la vida de mi bisabuelo?

–¿Por qué lo hiciste? –dije en voz alta, involuntariamente. Maisie bufó. Al abrir la puerta me había encontrado inclinado sobre la mesa, mirándome las manos.

–¿Te has pasado toda la tarde ahí sentado –preguntó– pensando en *eso?* –Se rió, nerviosa–. Por cierto, ¿qué ha sido de él? ¿Te lo has chupado?

–Lo enterré –dije–. Debajo de los geranios.

Entró un poco en el cuarto y adoptó un tono circunspecto.

–Lo siento, lo siento mucho. Lo hice sin saber lo que hacía. ¿Me perdonas? –Vacilé, y entonces, florecido el tedio hasta convertirse en una súbita decisión, dije:

–Sí, claro que te perdono. No era más que una polla en escabeche. –Y los dos nos reímos. Maisie se acercó y me besó, y yo le devolví el beso, abriéndole los labios con la lengua.

–¿Tienes hambre? –me dijo cuando terminamos de besarnos–. ¿Quieres que haga algo de cenar?

–Sí –dije–. Me encantaría. –Maisie me besó en la coronilla y salió de la habitación, y yo reemprendí mis estudios, dispuesto a ser lo más amable posible con Maisie aquella noche.

Al rato estábamos sentados en la cocina comiendo lo que Maisie había preparado y emborrachándonos moderadamente con una botella de vino. Nos fumamos un porro, el primero que fumábamos juntos desde hacía mucho tiempo. Maisie me contó que iba a conseguir un trabajo con la Comisión Forestal, plantar árboles en Escocia el verano siguiente. Y yo le conté a Maisie la conversación que habían tenido M y mi bisabuelo sobre *a posteriori,* y la teoría de mi bisabuelo de que el número primo diecisiete esa el límite de las posiciones para hacer el amor. Los dos nos reímos, Maisie me oprimió la mano, el tema del coito flotó entre nosotros en la cálida niebla de la cocina. Después nos pusimos los abrigos y salimos a dar un paseo. La luna estaba casi llena. Caminamos por la calle principal, donde se encuentra nuestra casa, y después nos metimos por una calle estrecha, donde se apelotonan casas con jardines diminutos e inmaculados. No hablamos mucho, pero íbamos del brazo y Maisie me contó lo colocada y lo contenta que estaba. Llegamos a un parquecito cerrado y nos quedamos al lado de la verja mirando la luna a través de las ramas semidesnudas. Cuando llegamos de nuevo a casa, Maisie se dio un largo baño caliente mientras yo hojeaba libros repasando algunos detalles. Nuestro dormitorio es una habitación cálida y confortable, lujosa a su manera. La cama mide siete pies por ocho, y la hice yo personalmente durante nuestro primer año de casados. Maisie cosió las sábanas, las tiñó en un hermoso tono azul oscuro y bordó las fundas de las almohadas La única luz del cuarto pasaba por una tosca pantalla de piel de cabra que Maisie había comprado a un vendedor de puerta a puerta. Hacía mucho tiempo que yo no me interesaba por el dormitorio. Nos tumbamos juntos entre un lío de sábanas y mantas, Maisie, voluptuosa y soñolienta tras el baño, yo, apoyado en el codo. Maisie dijo, soñadora:

—Esta tarde estuve andando por la orilla del río. Los árboles están preciosos ahora, los robles, los olmos... hay dos hayas cobrizas como a una milla del puente, tendrías que verlas ahora... ah, cómo me gusta eso. —La había tumbado boca abajo y la estaba acariciando mientras hablaba—. Hay moras, las más grandes que he visto en mi vida, por todo el camino, y también bayas de sauco. Este otoño voy a hacer vino... —Me incliné y la besé en la nuca y le puse sus brazos a la espalda. Le gustaba que la manipulasen y se sometió cálidamente—. Y el río está muy tranquilo —decía—. Ya sabes, reflejando los árboles, y las hojas caen al río. Tendríamos que ir allí juntos antes de que llegue el invierno, al río, entre las hojas. He encontrado un pequeño sitio. Nadie pasa por allí... —Manteniendo en posición los brazos de Maisie con una mano, moví con la otra sus piernas haca el «aro»—. Me pasé media hora sentada sin moverme en ese sitio, como un árbol. Vi una rata de agua corriendo por la otra orilla, y distintas especies de patos posándose en el agua y echando a volar. Oí unos ruiditos en el agua pero no sabía de dónde venían y vi dos mariposas naranjas, casi se me posaron en la mano. —Cuando le puse las piernas en su sitio Maisie me dijo: «posición número dieciocho», y los dos nos reímos suavemente—. Vayamos mañana al río —dijo Maisie mientras yo le acercaba la cabeza a los brazos—. Cuidado, cuidado, me haces daño —gritó de pronto, y trató de oponerse. Pero era demasiado tarde, tenía las piernas y la cabeza situadas en el aro de sus brazos, y yo empezaba a empujar para que pasaran en dirección opuesta—. ¿Qué pasa? —gritó Maisie. La posición de sus miembros expresaba ya la conmovedora belleza, la nobleza de la forma humana, y, como en la flor de papel, había un poder fascinante en su simetría. Sentí que entraba una vez más en trance; tenía la nuca entumecida. Cuando terminé de pasarle los brazos y las piernas, Maisie pareció volverse sobre sí misma como un calcetín—. Oh, Dios mío —suspiró—, ¿qué está pasando? —y su voz venía de muy lejos. Entonces desapareció... y aún estaba allí. Su voz era diminuta—: ¿Qué está pasando? —Y todo lo que quedó fue el eco de su pregunta flotando entre el azul oscuro de las sábanas.

EL ÚLTIMO DÍA DEL VERANO

Tengo doce años y estoy en el patio trasero, tumbado boca abajo y semidesnudo al sol, cuando oigo por primera vez su risa. No sé nada, no me muevo, me limito a cerrar los ojos. Es una risa de chica, de una mujer joven, corta y nerviosa como si no se riese de nada gracioso. Tengo media cara en el césped que corté hace una hora y huelo la tierra fría de debajo. Hay una brisa ligera que viene del río, el sol de la tarde avanzada que me pica en la espalda y esa risa que me apuñala es como una sola cosa, un solo sabor en mi cabeza. La risa enmudece y no oigo más que la brisa que mueve las páginas de mi tebeo, el llanto de Alice en algún lugar del piso de arriba y una especie de pesadez veraniega por todo el jardín. Después los oigo acercarse caminando sobre el césped y me incorporo tan deprisa que me mareo, y todo pierde su color. Y ahí está esa mujer, o esa chica gorda, caminando hacia mí con mi hermano. Está tan gorda que los brazos no le cuelgan derechos de los hombros. Tiene michelines en el cuello. Están mirándome y hablando de mí, y cuando llegan a mi lado me levanto y ella me da la mano y sin dejar de mirarme suelta una especie de relincho como un caballo bien educado. Es el mismo ruido que oí antes, su risa. Tiene la mano caliente y húmeda y rosada como una esponja, con hoyuelos en la base de todos los dedos. Mi hermano la presenta como Jenny. Va a tomar el dormitorio del ático. Tiene la cara muy grande, redonda como una luna roja, y unas gruesas gafas que agrandan sus ojos hasta el punto de que parecen pelotas de golf. Cuando me suelta la mano no se me ocurre nada que decir. Pero mi hermano Peter no deja un momento de hablar, le cuenta qué verduras cultivamos y qué flores, la hace ponerse donde pueda ver el río entre los árboles y después la precede hasta la casa. Mi hermano tiene exactamente el doble de años que yo y se le da bien eso, hablar sin más.

Jenny toma el ático. Yo he estado allí arriba unas cuantas veces, buscando cosas en las cajas viejas o mirando el río desde la ventanita. En realidad no hay gran cosa en las cajas, sólo pedazos de tela y patrones de vestidos. Es posible que algunos de ellos fueran de mi madre. En un rincón hay un montón de marcos sin cuadro. Una vez subí porque estaba lloviendo y abajo había una bronca entre Peter y algunos de los otros. Ayudé a José a despejar el sitio para transformarlo en dormitorio. José era antes el novio de Kate, y la primavera pasada sacó sus cosas del dormitorio de Kate y se trasladó al cuarto libre que había al lado del mío. Llevamos los marcos y las cajas al garaje, teñimos de negro el suelo de madera y pusimos alfombras. Desarmamos la cama suplementaria de mi cuarto y la llevamos arriba. Entre esto, una mesa y una silla, un armario y el techo abuhardillado, queda sitio justo para dos personas de pie. Todo el equipaje de Jenny consiste en una pequeña maleta y una bolsa. Se las llevo a su habitación y me sigue, respirando con cada vez mayores esfuerzos y deteniéndose entre el segundo y el tercer piso para descansar. Mi hermano Peter viene detrás y nos apelotonamos dentro como si todos fuéramos a vivir allí y lo viéramos por primera vez. Le señalo la ventana para que pueda ver el río. De vez en cuando, mientras escucha alguna historia que le cuenta Peter, se seca la cara, húmeda y roja, con un gran pañuelo blanco. Estoy sentado en la cama, detrás de ella, mirando lo enorme que tiene la espalda, y por debajo de la silla le veo las piernas, gruesas y rosadas, cómo disminuyen hasta embutirse por abajo en unos zapatos minúsculos. Es rosada por todas partes. El olor de su sudor llena la habitación. Huele como el césped recién cortado de afuera, y se me ocurre que no debo aspirarlo muy profundamente si no quiero engordar yo también. Nos levantamos para irnos y dejarla desempacar y nos da las gracias por todo, y cuando paso por la puerta suelta su pequeño gañido, su risa nerviosa. La miro sin querer desde la puerta y me está observando con sus ojos del tamaño de pelotas de golf.

—¿No hablas mucho, verdad? —dice. Y eso de alguna manera hace más difícil pensar en algo que decir. Así que me limito a sonreírle y sigo escaleras abajo.

Abajo me toca ayudar a Kate a hacer la cena. Kate es alta y delgada y triste. Justo lo contrario que Jenny. Cuando tenga novias las tendré como Kate. De todas formas, está muy pálida, incluso a estas alturas del verano. Tiene el pelo de un color extraño. Una vez le oí decir a Sam que era del color del papel kraft. Sam es un amigo de Peter que también vive aquí y que quería meter sus cosas en el dormitorio de Kate cuando José sacó las suyas. Pero Kate es algo altiva y no le gusta Sam porque es demasiado ruidoso. Si Sam se trasladase a la habitación de Kate estaría siempre despertando a Alice, la niñita de Kate. Cuando Kate y José están en el mismo cuarto siempre les observo para ver si alguna vez se miran, y nunca lo hacen. El pasado abril entré una tarde en la habitación de Kate para pedirle algo prestado y José y ella estaban en la cama, dormidos. Los padres de José son españoles y él tiene la piel muy oscura. Kate estaba tumbada de espaldas con un brazo estirado y José estaba apoyado en el brazo, arrimado a su costado. No llevaban pijama, y la sábana les llegaba a la cintura. Ella era tan blanca y él tan negro. Me quedé un largo rato al pie de la cama, observándoles. Era como si hubiera descubierto un secreto. Entonces Kate abrió los ojos y me vio allí y me dijo muy bajito que me largase. A mí me parece bastante extraño que estuvieran así tumbados y que ahora ni siquiera se miren. Si yo me acostara en brazos de alguna chica a mí no me pasaría eso. A Kate no le gusta cocinar. Tiene que dedicar mucho tiempo a evitar que Alice se meta cuchillos en la boca o tire cacharros hirviendo de la cocina al suelo. Kate prefiere arreglarse bien y salir, o hablar horas por teléfono, que es lo que yo preferiría si fuese una chica. Una vez tardó mucho en volver a casa y mi hermano Peter tuvo que meter a Alice en la cama. Kate siempre parece triste cuando habla con Alice, cuando le dice lo que tiene que hacer habla muy bajito, como si en realidad no quisiera para nada hablar con Alice. Y lo mismo cuando habla conmigo, es como si no estuviera hablando de verdad. Cuando me ve la espalda en la cocina me lleva al cuarto de baño de abajo y me embadurna de loción de calamina con un algodón. La veo en el espejo, su cara no parece expresar nada especial. Hace un ruido entre dientes, mitad silbido y mitad suspiro, y cuando quiere más luz en alguna parte de mi espalda me empuja o me tira del brazo. Me pregunta rápida y suavemente cómo es la chica de arriba, y cuando le digo que «es muy gorda y tiene una risa rara» no contesta nada. La ayudo cortando las verduras y pongo la mesa. Después bajo al río a ver mi barca. La compré con dinero que recibí cuando se murieron mis padres. Cuando llego al muelle ya se ha puesto el sol, y el río está negro con manchas rojas como los restos de tela que solía haber en el ático. Esta noche el río baja despacio y el aire es cálido y suave. No suelto el bote, tengo la espalda demasiado quemada para remar. En vez de eso me meto dentro y me quedo sentado, subiendo y bajando silenciosamente con el río, mirando la tela roja que se hunde en el agua negra y preguntándome si no habré respirado demasiado olor de Jenny.

Cuando vuelvo están a punto de ponerse a comer. Jenny está sentada al lado de Peter y cuando entro no levanta la cabeza del plato, ni siquiera cuando me siento a su otro lado. Es tan grande a mi lado, y al mismo tiempo está tan inclinada sobre su plato, con aspecto de no querer existir, que me da como pena y quiero decirle algo. Pero no se me ocurre nada que decir. De hecho, en esta comida nadie tiene nada que decir, todos se limitan a mover el tenedor desde y hacia el plato, y de vez en cuando alguien murmura que le pasen algo. En general no pasa esto cuando comemos, casi siempre ocurre algo. Pero está Jenny, más silenciosa que cualquiera de nosotros, y también más grande, y sin levantar la cabeza del plato. Sam se aclara la voz y mira hacia nuestra parte de la mesa, a Jenny, y los demás miran todos también, excepto ella, en espera de algo. Sam vuelve a aclararse la voz y dice:

–¿Dónde vivías antes, Jenny? –Como nadie hablaba suena insulso, como si Sam estuviera en una oficina rellenándole un impreso. Y Jenny, sin levantar la cabeza del plato, dice:

–Manchester. –Después mira a Sam–. En un piso. –Y suelta una risita gañido, probablemente porque todos estamos mirándola y escuchando, y vuelve a hundirse en su plato mientras Sam dice algo como «Ah, ya veo» y piensa en algo que añadir. Alice se pone a llorar en el piso de arriba, así que Kate va y la trae y la deja que se siente en su regazo. Cuando deja de llorar nos va señalando a todos por turno y grita «UH, UH, UH» por toda la mesa mientras nosotros seguimos comiendo y sin decir nada. Es como si nos acusara de no pensar en cosas que decir. Kate le dice que se calle con la voz triste que siempre tiene cuando está con Alice. A veces pienso que es así porque Alice no tiene padre. No se parece nada a Kate, tiene el pelo muy rubio y unas orejas demasiado grandes para su cabeza. Hace uno o dos años, cuando Alice era muy pequeña, yo pensaba que su padre era José. Pero él tiene el pelo negro, y nunca presta mucha atención a Alice. Cuando todos terminan el primer plato y ayudo a Kate a recoger los cacharros, Jenny se ofrece a sentarse a Alice en el regazo. Alice sigue gritando y señalando diferentes cosas en el cuarto, pero en cuanto llega al regazo de Jenny se queda muy callada. Probablemente porque nunca ha visto un regazo tan grande. Kate y yo traemos la fruta y el té, y cuando nos ponemos a pelar las naranjas y los plátanos y a comer las manzanas del árbol de nuestro jardín, sirviendo té y pasando en redondo tazas con leche y azúcar, todos empiezan a hablar y a reírse como de costumbre, como si nada les hubiera estado reprimiendo. Y Alice lo está pasando realmente bien en el regazo de Jenny, que galopa con las rodillas como un caballo, baja la mano como si fuera un pájaro hacia la tripa de Alice, le hace trucos con los dedos, con lo que Alice grita y grita pidiendo más. Es la primera vez que la oigo reírse así. Y entonces Jenny dirige la vista hacia Kate, que las ha observado jugar con la misma cara que hubiera tenido si hubiera estado viendo la tele. Jenny lleva a Alice a su madre, como si de pronto se sintiera culpable por llevar tanto tiempo con ella en el regazo y divertirse tanto. Alice grita «Más, más, más» cuando llega al otro lado de la mesa, y sigue gritando cinco minutos más tarde, cuando su madre se la lleva a la cama.

A la mañana siguiente, temprano, le subo café a Jenny a la habitación, porque mi hermano me lo ha pedido. Cuando llego la encuentro levantada, sentada a la mesa pegando sellos en cartas. Parece más pequeña que la noche pasada. Tiene la ventana abierta de par en par y el cuarto está lleno del aire de la mañana, parece que lleva mucho tiempo levantada. Desde su ventana veo el río alejarse entre los árboles, ligero y silencioso bajo el sol. Quiero salir, quiero ver mi barca antes de desayunar. Pero Jenny quiere hablar. Me hace sentarme en la cama y contarle cosas sobre mí. No me pregunta nada y, como no estoy seguro de por dónde empezar a contarle a alguien cosas sobre mí, me quedo allí sentado mirando mientras ella escribe direcciones en los sobres y bebe el café a sorbitos. Pero no me importa, se está bien en el cuarto de Jenny. Ha puesto dos fotos en la pared. Una es una foto enmarcada, sacada en un zoológico, de una mona andando cabeza abajo por una rama con su cría colgada del estómago. Se ve que es un zoo, porque en la esquina de abajo hay un gorro de guarda de zoo y parte de su cara. La otra es una foto en color, recortada de una revista, de dos niños corriendo por la orilla del mar cogidos de la mano. El sol se está poniendo y toda la foto es de color rojo oscuro, hasta los niños. Es una foto muy buena. Termina sus cartas y me pregunta dónde está mi colegio. Le hablo del nuevo colegio al que voy a ir cuando acaben las vacaciones, el colegio de Reading. Pero todavía no he estado nunca allí, así que no le puedo contar gran cosa. Observa que miro otra vez por la ventana.

—¿Vas a bajar al río?

—Sí, tengo que ver mi barca.

—¿Puedo ir contigo? ¿Me enseñarás el río? —La espero al lado de la puerta, observando cómo embute sus pies redondos y rosados en unos zapatos planos y pequeños y cómo se cepilla el pelo, muy corto, con un cepillo que tiene un espejo por detrás. Cruzamos el césped hasta la verja colgante del fondo del jardín y tomamos el sendero flanqueado por altos helechos. A mitad de camino me paro a escuchar a un escribano cerillo, y ella me dice que no conoce el canto de un solo pájaro. La mayoría de los adultos nunca te dicen que no saben algo. Así que nos paramos más adelante, bajo un roble, justo antes de que el sendero se abra al muelle, para que pueda oír un mirlo. Sé que hay uno allí arriba, siempre está allí arriba cantando a estas horas de la mañana. Se calla justo cuando llegamos y tenemos que esperar en silencio a que vuelva a empezar. Allí parados, bajo el viejo tronco medio muerto, oigo a otros pájaros en otros árboles y al río que salpica contra el muelle. Pero nuestro pájaro está descansando. Por alguna razón, la espera en silencio pone nerviosa a Jenny, y se aprieta fuerte la nariz para reprimir su risa-gañido. Tengo tantas ganas de oír al mirlo que le pongo la mano en el brazo, y cuando lo hago se quita la mano de la nariz y sonríe. Unos segundos después, el mirlo inicia su largo y complicado canto. Estaba todo el tiempo esperando a que nos calmásemos. Salimos al muelle y le enseño mi barca amarrada a un lado. Es un bote de remos, verde por fuera y rojo por dentro, como una fruta. He bajado todos los días del verano para remar, para pintarlo, limpiarlo, y a veces sólo para mirarlo. Una vez remé siete millas río arriba y me pasé el resto del día bajando con la corriente. Nos sentamos al borde del muelle mirando a mi barca, al río y a los árboles de la otra orilla. Entonces Jenny mira río abajo y dice:

–Londres está allá abajo. –Londres es un secreto terrible que trato de ocultar al río: aún no sabe nada de Londres a su paso por nuestra casa. Así que asiento y no digo nada. Jenny me pregunta si puede sentarse en la barca. Al principio me preocupa que pueda ser demasiado pesada. Pero, claro, no puedo decirle eso. Me inclino sobre el agua y sujeto la amarra para que se suba. Lo hace con muchos gruñidos y vaivenes. Y como la barca no parece más hundida de lo habitual, yo también me monto y miramos el río desde este nuevo nivel, donde se ve lo fuerte y lo viejo que realmente es. Nos quedamos largo rato sentados, charlando. Primero le cuento que mis padres murieron hace dos años en un accidente de coche y que mi hermano tiene idea de transformar la casa en una especie de comuna. Primero pensaba tener más de veinte personas viviendo en ella. Pero creo que ahora quiere limitarlo a unas ocho. Después Jenny me cuenta que trabajó como profesora en una gran escuela de Manchester donde los chicos se reían siempre de ella por lo gorda que era. Sin embargo, no parece que le importe hablar de ello. Cuenta historias graciosas del tiempo que pasó allá. Cuando me cuenta que los niños la encerraron una vez en un armario para libros, ambos nos reímos tanto que la barca se mece de lado a lado y forma unas olitas que llegan al río. Esta vez la risa de Jenny es fácil y tiene algo de rítmico, no es dura y chillona como antes. En el camino de vuelta reconoce dos mirlos por su canto, y cuando cruzamos el césped señala otro. Yo me limito a asentir. En realidad es un tordo alirrojo, pero tengo demasiada hambre para explicarle la diferencia.

Tres días más tarde oigo a Jenny cantar. Estoy en el patio trasero intentando componer una bicicleta a base de distintas piezas y la oigo por la ventana de la cocina, que está abierta. Está allí haciendo la comida y cuidando a Alice mientras Kate visita a unos amigos. Es una canción cuya letra no conoce, entre alegre y triste, y se la canta a Alice graznando como una vieja negra. Nuevo día, hombre la-la, la-la-la, l'la, nuevo día, hombre la-la-la, la-la, l'la, nuevo día hombre sácame de aquí. Esa tarde la llevo a remar por el río y canta otra canción con el mismo tipo de melodía, pero esta vez sin palabras de ninguna clase. Ya-la-la, ya-laaa, ya-eeeee. Extiende las manos y gira sus grandes ojos amplificados como si fuese una serenata especial para mí. Una semana más tarde, las canciones de Jenny se han apoderado de toda la casa, a veces con una línea o dos si se acuerda, pero en general sin palabras. Pasa mucho tiempo en la cocina, y allí es donde más suele cantar. De alguna manera amplía el espacio disponible. Rasca la pintura de la ventana que da al norte para que entre más luz. Nadie se imagina por qué se le ocurrió a alguien pintarla. Saca una mesa vieja, y cuando está fuera todos se dan cuenta de que siempre molestaba. Una tarde pinta toda una pared de blanco para que la cocina parezca mayor, y organiza los cacharros y los platos de forma que siempre sabes dónde están y hasta yo puedo alcanzarlos. La transforma en una de esas cocinas donde puedes estar sentado cuando no tienes otra cosa que hacer. Jenny hace pan y hace pasteles, cosas que solemos comprar en la tienda. Al tercer día de su llegada encuentro sábanas limpias en mi cama. Lleva a lavar las sábanas que he estado usando todo el verano y la mayor parte de mi ropa. Pasa una tarde entera preparando un curry, y esa noche ceno como no había cenado en dos años. Cuando los otros le dicen lo bueno que les parece Jenny se pone nerviosa y suelta su risa-gañido. Veo que a los otros les sigue perturbando que lo haga, apartan la vista como si se tratara de algo asqueroso que fuera de mala educación mirar. Pero a mí no me preocupa nada que suelte esa risa, ni siquiera la oigo salvo cuando los otros apartan los ojos en la mesa. Casi todas las tardes salimos juntos al río y trato de enseñarle a remar y escucho historias de cuando daba clase y de cuando trabajaba en un supermercado, cómo veía a los ancianos acudir todos los días a robar bacon y mantequilla. Le enseño algún canto de pájaro más, pero el único que de verdad recuerda es el primero, el del mirlo. En su habitación me enseña fotos de sus padres y de su hermano y dice:

—Yo soy la única gorda. —Yo también le enseño algunas fotos de mis padres. Una es de un mes antes de su muerte, y se les ve bajando unas escaleras cogidos de la mano y riéndose por algo que queda fuera de la foto. Se reían de mi hermano, que estaba haciendo el payaso para que se riesen para la foto que yo les estaba sacando. Me acababan de regalar la máquina de fotos por mi décimo cumpleaños y ésa fue una de las primeras fotos que saqué con ella. Jenny la mira un largo rato y dice algo así como que era una mujer muy guapa, y de pronto veo a mi madre simplemente como una mujer en una foto, podía ser cualquier mujer, y por primera vez está lejos, no en mi cabeza o mirando hacia afuera sino fuera de mi cabeza, observada por mí, por Jenny o por cualquiera que coja la foto. Jenny me la quita de la mano y la guarda con las otras en la caja de zapatos. Mientras bajamos inicia una larga historia sobre un amigo suyo que montaba una obra de teatro que terminaba de una forma extraña y silenciosa. El amigo quería que Jenny iniciase el aplauso al final, pero Jenny se equivocó por alguna razón y puso a todo el mundo a aplaudir quince minutos antes del final, en un momento de silencio, así que se perdió la última parte de la obra y los aplausos fueron aún más fuertes porque nadie sabía de qué trataba la obra. Todo ello, supongo, para que deje de pensar en mi madre, cosa que hago.

Kate pasa más tiempo con sus amigos de Reading. Una mañana estoy en la cocina y ella entra muy bien vestida con una especie de traje de cuero y botas altas de cuero. Se sienta enfrente mío a esperar a que baje Jenny para decirle lo que hay que darle de comer a Alice ese día y a qué hora va a volver. Me recuerda otra mañana, hace casi dos años, cuando Kate entró en la cocina con el mismo tipo de traje. Se sentó a la mesa, se desabrochó la blusa y empezó a sacarse leche de color blanco azulado primero de una teta y después de la otra presionando con los dedos. No pareció darse cuenta de mi presencia.

—¿Para qué haces eso? —le pregunté.

—Es para que Janet se la dé a Alice más tarde. Tengo que salir —dijo. Janet era una chica negra que vivía aquí. Era extraño ver a Kate ordeñarse en una botella. Me hizo pensar que no somos más que animales vestidos que hacen cosas muy raras, como unos monos reunidos para tomar el té. Pero generalmente nos acostumbramos unos a otros. Me pregunto si Kate estará pensando en aquello ahora, sentada conmigo en la cocina a primera hora de la mañana. Se ha pintado los labios de color naranja y se ha echado el pelo hacia atrás, lo que la hace parecer aún más delgada que de costumbre. Su lápiz de labios es fluorescente, como una señal de tráfico. No pasa un minuto sin que mire el reloj, y el cuero cruje. Parece una hermosa mujer del espacio exterior. En ese momento baja Jenny, metida en una enorme bata vieja hecha de retales y bostezando porque se acaba de levantar, y Kate le habla muy bajito y muy deprisa de la comida de Alice para el día. Parece como si hablar de eso la pusiera triste. Coge el bolso y sale rápidamente de la cocina diciendo «adiós» por encima del hombro. Jenny se sienta a la mesa y bebe té y la verdad es que parece una gran ama que se queda en casa para cuidar a la hija de la señora rica. Tu padre es rico y tu madre muy guapa, la-la-la-la la-la no llores. Y hay algo especial en la forma en que los otros tratan a Jenny. Como si fuera ajena a todo, y no verdaderamente una persona como ellos. Se han acostumbrado a sus grandes comidas y a sus pasteles. Ya nadie dice nada sobre eso. Algunas noches, Peter, Kate, José y Sam se sientan a fumar hachís en la pipa de agua de fabricación casera de Peter y escuchan el tocadiscos puesto bien alto. Cuando esto ocurre, Jenny por lo general se sube a su cuarto, no le gusta estar con ellos cuando hacen eso, y yo noto como que aquello les molesta. Y, aunque es una chica, no es guapa como Kate o Sharon, la novia de mi hermano. Tampoco se pone vaqueros ni camisas indias como ellas, probablemente porque no encuentra ninguna que le quede bien. Lleva vestidos de flores y cosas normales como mi madre o la señora de Correos. Y cuando se pone nerviosa por alguna cosa y suelta su risa noto que la consideran como una especie de enferma mental, lo noto por la forma en que apartan la vista. Y no se les olvida lo gorda que es. A veces, cuando no está, Sam la llama Jim el Flaco, y los demás siempre se ríen. No es que sean antipáticos con ella, ni nada parecido, lo que pasa es que, en alguna forma difícil de describir, la mantienen aparte. Un día, en el río, me pregunta por el hachís:

–¿Qué piensas de todo eso? –dice, y le digo que mi hermano no me deja probarlo hasta que cumpla los quince años. Yo sé que ella está completamente en contra, pero no vuelve a mencionarlo. Esa misma tarde le saco una foto apoyada en la puerta de la cocina con Alice en los brazos y achicando los ojos porque tiene el sol de frente. Ella me saca a mí también, montando sin manos por el patio trasero en la bicicleta que me apañé con piezas de aquí y allá.

Es difícil saber con exactitud cuándo se convierte Jenny en madre de Alice. Al principio se limita a cuidarla cuando Kate se marcha a visitar a sus amigos. Después las visitas se hacen más frecuentes hasta que son casi diarias. Así que los tres, Jenny, Alice y yo, pasamos mucho tiempo juntos en el río. Al lado del muelle hay un campo de hierba que baja hasta una diminuta playa de arena de unos seis pies de ancho. Jenny se sienta allí a jugar con Alice mientras yo hago cosas en la barca. La primera vez que metemos a Alice en la barca chilla como un cerdito. No se fía del agua. Tarda mucho tiempo en instalarse en la playita, y cuando por fin lo hace no aparta los ojos del borde del agua para asegurarse de que no se le echa encima. Pero cuando ve a Jenny saludarla desde la barca cambia de opinión y hacemos un viaje al otro lado del río. A Alice no le importa que no esté Kate porque le gusta Jenny, que le canta las partes de las canciones que se sabe y le habla todo el tiempo cuando están sentadas en el terraplén de hierba junto al río. Alice no entiende una palabra, pero le gusta el sonido incesante de la voz de Jenny. A veces Alice apunta a la boca de Jenny y dice «más, más». Kate está siempre tan callada y triste cuando está con ella que no oye a menudo voces que la hablen directamente. Una noche Kate se queda fuera y no vuelve hasta la mañana siguiente. Alice está sentada en las rodillas de Jenny extendiendo su desayuno por la mesa de la cocina cuando Kate llega corriendo, la coge en brazos, la achucha y le pregunta una y otra vez, sin darle a nadie la oportunidad de responder:

—¿No le ha pasado nada? ¿No le ha pasado nada? ¿No le ha pasado nada? —Esa misma tarde Alice vuelve a estar con Jenny porque Kate tiene que irse otra vez a algún sitio. Estoy en el vestíbulo que da a la cocina y le oigo decirle a Jenny que volverá a última hora de la tarde y unos minutos más tarde la veo marcharse por el paseo con una maleta pequeña en la mano. Cuando vuelve, a los dos días, se limita a asomarse para ver si Alice sigue allí y después sube a su habitación. No siempre es tan buena cosa tener a Alice todo el rato con nosotros. No podemos ir muy lejos con la barca. A los veinte minutos Alice vuelve a sospechar del agua y quiere que la lleven a la orilla. Y si queremos ir andando a algún sitio hay que llevar a Alice en brazos casi todo el camino. Eso quiere decir que no puedo enseñarle a Jenny algunos de mis sitios especiales en el río. Al terminar el día Alice se pone bastante pesada, quejándose y llorando sin razón, porque está cansada. A veces me harto de pasar tanto tiempo con Alice. Kate pasa casi todo el día en su cuarto. Una tarde le llevo una taza de té y está dormida sentada en una silla. Con Alice allí tanto tiempo, Jenny y yo no hablamos tanto como solíamos cuando llegó. No porque Alice esté escuchando, sino porque Jenny le dedica todo su tiempo. La verdad es que no piensa en otra cosa, parece que sólo quiere hablar con Alice. Una noche estamos todos sentados en el cuarto de delante después de la cena. Kate está en el vestíbulo y tiene una larga discusión con alguien por teléfono. Termina, entra, se sienta haciendo bastante ruido y se pone a leer. Pero yo veo que está enfadada y que en realidad no lee nada. Estamos un rato callados, y entonces Alice empieza a llorar arriba y a llamar a gritos a Jenny. Jenny y Kate levantan la vista al mismo tiempo y se miran un instante. Entonces Kate se levanta y sale de la habitación. Todos fingimos seguir leyendo pero la verdad es que estamos escuchando los pasos de Kate en la escalera. La oímos entrar en el cuarto de Alice, que está justo encima de éste, y oímos que Alice grita cada vez más fuerte pidiendo que suba Jenny. Kate baja las escaleras, esta vez deprisa. Cuando entra en la habitación, Jenny levanta la cabeza y las dos vuelven a mirarse. Y mientras tanto Alice no deja de llamar a gritos a Jenny. Jenny se levanta y cruza la puerta pegada a Kate. No dicen nada. Los demás, Peter, Sam, José y yo, seguimos fingiendo que leemos mientras escuchamos los pasos de Jenny en el piso de arriba. El llanto cesa y ella se queda allí arriba largo rato. Cuando vuelve, Kate está de nuevo en su silla con su revista. Jenny se sienta y nadie levanta la cabeza, nadie dice nada.

De pronto se acaba el verano. Jenny entra en mi cuarto una mañana temprano para llevarse las sábanas de mi cama y toda la ropa que encuentra en el cuarto. Hay que lavarlo todo antes de que empiece el colegio. Entonces me hace limpiar el cuarto, todos los tebeos viejos y los platos y las tazas que se han ido acumulando bajo mi cama a lo largo del verano, todo el polvo y los botes de pintura que he estado usando en mi barca. Encuentra una mesita en el garaje y le ayudo a meterla en mi cuarto. Va a ser mi escritorio para hacer los deberes. Me lleva al pueblo para convidarme a algo, y no me quiere decir lo que es. Cuando llegamos resulta que es un corte de pelo. Estoy a punto de largarme cuando me pone la mano en el hombro.

—No seas tonto —dice—. No puedes ir al colegio con ese aspecto, no durarías ni un día.

Así que me pongo sin moverme en manos del peluquero y le dejo que me corte el pelo de todo el verano mientras Jenny se sienta detrás mío y se ríe de mi gesto ceñudo en el espejo. Le saca algo de dinero a mi hermano Peter y me lleva en autobús al pueblo a comprar un uniforme para el colegio. Es extraño que de pronto me diga todo lo que tengo que hacer, después del tiempo que hemos pasado en el río. Pero la verdad es que no me importa, no se me ocurre ninguna buena razón para no hacer las cosas que dice. Me dirige por las principales calles comerciales, a zapaterías y tiendas de ropa, me compra una chaqueta y una gorra rojas, dos pares de zapatos de cuero negros, seis pares de calcetines grises, dos pantalones grises y seis camisas grises, y dice todo el tiempo: «¿Te gustan éstos? ¿Te gusta esto?» Y como no tengo especial preferencia por ningún tono de gris, escojo siempre lo que mejor le parece. En una hora terminamos. Esa noche saca mi colección de piedras de los cajones para hacer sitio para la ropa nueva, y me hace ponerme el uniforme completo. Abajo todos se ríen mucho, sobre todo cuando me pongo la gorra roja. Sam dice que parezco un cartero intergaláctico. Jenny me hace restregarme las rodillas tres noches seguidas con un cepillo de uñas para sacarme la suciedad de debajo de la piel.

Entonces, el domingo, el día antes de empezar el colegio, bajo a la barca con Jenny y Alice por última vez. Por la tarde ayudaré a Peter y a Sam a arrastrar mi barca por el sendero y por encima del césped para guardarla en el garaje para el invierno. Más adelante vamos a construir otro muelle, uno más fuerte. Es el último viaje en barca del verano. Jenny mete a Alice y sube mientras yo sujeto la barca desde el muelle para que no se mueva. Mientras la separo empujándola con un remo, Jenny inicia una de sus canciones. Jeeesús, ven a nosotros Jeeesús, ven a nosotros, Jeeesús, ven a nosotros, la, la-la-la-lah, la-la. Alice se incorpora entre las rodillas de Jenny mirándome remar. Le hace gracia mi forma de moverme hacia delante y hacia atrás. Cree que estoy jugando con ella, acercándome a su cara y separándome. Es extraño, nuestro último día en el río. Cuando Jenny termina de cantar nadie dice nada en un largo rato. Alice sigue riéndose de mí. El río está tan silencioso que su risa se desliza sobre el agua hasta desaparecer. El sol está de un amarillo pálido, como si se hubiera consumido con el paso del verano, no hay viento en los árboles de las orillas, los pájaros no cantan. Ni siquiera los remos se oyen en el agua. Remo río arriba de espaldas al sol, pero está demasiado pálido para sentirlo, demasiado pálido hasta para hacer sombras. Delante hay un viejo, de pie bajo un roble, pescando. Cuando llegamos a su altura levanta la cabeza y nos mira pasar en el bote y nosotros le miramos en su orilla. No le cambia la cara al mirarnos. Nuestras caras tampoco cambian, nadie saluda. Tiene un tallo largo de hierba en la boca y cuando hemos pasado se lo saca y escupe silencioso en el río. Jenny mete una mano en el agua espesa y observa la orilla como si fuera algo que sólo estuviera en su cabeza. Me hace pensar que en realidad no tiene ganas de estar allí fuera en el río conmigo. Sólo vino por todas las otras veces que hemos ido juntos a remar, y porque es la última vez este verano. Pensar eso me pone como triste, me cuesta más remar. Después, cuando ya ha pasado una media hora, me mira y sonríe y me doy cuenta de que todo eran imaginaciones mías, lo de que no quería estar en el río, porque empieza a hablar del verano, de todas las cosas que hemos hecho. Hace que todo suene muy bien, mucho mejor de lo que en realidad fue. Los largos paseos que dimos, los chapoteos con Alice a la orilla del río, cómo traté de enseñarle a remar y a recordar diferentes cantos de pájaros, las veces que nos levantamos cuando los demás seguían dormidos y remamos en el río antes del desayuno. Eso me anima, recordar todo lo que hicimos, como cuando creímos ver un ampelis, y otra vez que esperamos al anochecer detrás de un arbusto para ver a un tejón salir de su madriguera. Pronto nos animamos mucho pensando en el verano que ha pasado y en las cosas que vamos a hacer el año que viene, gritando y riendo bajo el aire muerto. Y entonces Jenny dice: «Y mañana te pones la gorra roja y al colegio.» Hay algo en la forma en que lo dice, fingiendo seriedad y como sermoneándome, agitando un dedo en el aire, que lo convierte en la cosa más graciosa que he oído en mi vida. La misma idea, hacer todas esas cosas en el verano y después ponerse una gorra roja y al colegio. Nos echamos a reír y parece que no vamos a parar nunca. Tengo que dejar los remos. Nuestros resoplidos y cacareos son cada vez más altos porque el aire está inmóvil y no se los lleva por el agua y todo el ruido se queda en la barca. Cada vez que nos miramos nos reímos más fuerte, hasta que empieza a dolerme el costado y más que otra cosa tengo ganas de parar. Alice rompe a llorar porque no entiende qué está pasando, y eso nos hace reír aún más. Jenny se asoma por un lado de la barca para no verme. Pero su risa se va tensando y secando, pequeños gañidos, como si tuviera piedrecitas en la garganta. Su gran cara rosada y sus grandes brazos rosados tiemblan y se esfuerzan por conseguir una bocanada de aire, pero todo se le escapa como pequeñas piedrecitas. Se sienta otra vez derecha en la barca. Su boca ríe, pero sus ojos parecen asustados y secos. Se deja caer de rodillas, con las manos en el estómago para que no le duela la risa, y al hacerlo tira a Alice. Y la barca vuelca. Vuelca porque Jenny cae sobre un costado, porque Jenny es grande y mi barca pequeña. Se da la vuelta deprisa, como el clic del

67

interruptor de mi máquina de fotos, y de pronto estoy en el lecho verde y profundo del río tocando el barro suave y frío con el revés de la mano y sintiendo los juncos en la cara. Cerca de mi oreja se oye una risa como una piedrecita hundiéndose. Pero cuando me impulso hasta la superficie no siento a nadie cerca. Cuando emerjo el río está oscuro. He estado mucho tiempo abajo. Algo me toca la cabeza y me doy cuenta de que estoy dentro de la barca volcada. Me hundo de nuevo y salgo por el otro lado. Tardo mucho tiempo en recuperar el aliento. Voy rodeando la barca llamando a gritos a Jenny y a Alice. Meto la boca en el agua y grito sus nombres. Pero nadie contesta, nada sale a la superficie. Estoy solo en el río. Así que me cuelgo de un lado de la barca y espero a que salgan. Espero mucho tiempo, llevado por la corriente con la barca, con la risa todavía en la cabeza, mirando el río y las manchas amarillas que forma el sol poniente. A veces siento grandes escalofríos en las piernas y la espalda, pero por lo demás estoy calmo, colgado del casco verde sin nada en la cabeza, nada en absoluto, sólo mirando al río, esperando que la superficie se abra y las manchas amarillas se esparzan. Paso flotando por el lugar donde pescaba el viejo y parece que ha pasado mucho tiempo. Ya se ha ido, no queda más que una bolsa de papel donde él estaba. Estoy tan cansado que cierro los ojos y siento como si estuviera acostado en casa y es invierno y mi madre entra en el cuarto para darme las buenas noches. Apaga la luz y me deslizo de la barca al río. Entonces me acuerdo y llamo a gritos a Jenny y a Alice y miro otra vez al río y los ojos se me empiezan a cerrar y mi madre entra en el cuarto y me da las buenas noches y apaga la luz y vuelvo a hundirme en el agua. Después de mucho rato se me olvida llamar a Jenny y a Alice, sólo me agarro y floto con la corriente. Estoy mirando hacia un lugar de la orilla que hace mucho tiempo conocía muy bien. Hay una mancha de arena y un terraplén de hierba junto a un muelle. Las manchas amarillas se están hundiendo en el río cuando me separo de la barca. La dejo bajar por el río hacia Londres y nado lentamente por el agua negra hasta el muelle.

POLLÓN EN EL ESCENARIO

El entablado estaba lleno de polvo, los decorados a medio pintar y ellos todos desnudos en el escenario, al calor de los focos, que revelaban polvo flotando en el aire. No había dónde sentarse, en vista de lo cual se movían arrastrando tristemente los pies. No tenían bolsillos donde meter las manos, y no había cigarrillos.

—¿Es tu primera vez? —Era la primera vez para todos, pero sólo el director lo sabía. Sólo hablaban los que se conocían, en voz baja e intermitente. ¿Cómo inician una conversación dos desconocidos desnudos? Nadie lo sabía. Los profesionales, por razones profesionales, se miraban mutuamente las partes, y los demás, amigos de amigos del director y algo necesitados de dinero, miraban con disimulo a las mujeres. Jasmin les interpeló desde el fondo del patio de butacas, donde había estado charlando con el responsable del vestuario, gritando en dialecto de campesina galesa:

—¿Os habéis masturbado todos, chicos? Bien hecho. —Nadie había abierto la boca—. El primero que se empalme se va. Esto es un espectáculo respetable.

Algunas mujeres emitieron risitas, los no profesionales se alejaron de las luces, dos tramoyistas subieron una alfombra enrollada al escenario. «Cuidado por detrás», dijeron, y todos se sintieron más desnudos que antes. Un individuo con sombrero de explorador y camisa blanca instaló un magnetófono en el foso. Preparó la cinta con desprecio. Era la escena de la copulación.

–Quiero que toquen la G. C., Jack –le dijo Jasmin–. Que la oigan primero. –Había cuatro amplificadores, imposible escapar.

Os han hablado de la intimidad del acto se-xuu-aal
Pero no es ca-su-al
Que en toda la na-a-ción
Prive el dentro-fuera, un-dos-tres de la Gran Copulación

Había también encumbrados violines y una banda militar, y después del coro una marcha en exuberante dos por dos con trombones, cajas y un vibráfono. Jasmin bajó por el pasillo hacia el escenario.

–Chicos, chicas, ésa es vuestra música para follar. –Se desabrochó el botón superior de la camisa. La había escrito él mismo.

»¿Dónde está Dale? Quiero a Dale. –La coreógrafa surgió de la oscuridad. Llevaba una elegante gabardina, sujeta en el talle por un amplio cinturón. Tenía la cintura estrecha, gafas de sol y un peinado que parecía un bollo. Andaba como una tijera. Jasmin interpeló sin volverse a un hombre que se marchaba por una puerta al fondo del patio de butacas.

»*Quiero* esas pelucas, Harry, querido. *Quiero* esas pelucas. Si no hay pelucas no hay Harry.

Jasmin se sentó en la primera fila. Compuso con las manos un campanario bajo la nariz y cruzó las piernas. Dale trepó al escenario. Se plantó en mitad de la gran alfombra extendida sobre el entablado con una mano apoyada en la cadera.

–Quiero a las chicas en cuclillas en forma de V, cinco a cada lado –dijo. Se colocó donde debía situarse el vértice, agitando los brazos. Las demás se sentaron a sus pies y ella tijereteó entre ellos dejando un rastro de almizcle. Profundizó la V, la estrechó de nuevo, la convirtió en una herradura y en un creciente y después otra vez en una V estrecha.

–Muy bonito, Dale –dijo Jasmin. La V apuntaba hacia la parte posterior del escenario. Dale sacó a una chica del centro y la sustituyó por una de las laterales. No hablaba con ellas, las cogía por el codo y las conducía de un sitio a otro. No podían verle los ojos a través de las gafas y no siempre sabían lo que quería. Llevó un hombre a cada una de las mujeres y los hizo sentarse frente a ellas empujándolos hacia abajo por los hombros. Encajó las piernas de cada una de las parejas, enderezó espaldas, colocó cabezas en posición adecuada y entrelazó los respectivos brazos. Jasmin encendió un pitillo. Había diez parejas en la V de la alfombra, que pertenecía al salón de descanso.

Finalmente, Dale dijo:

–Yo doy palmadas y vosotros os movéis para atrás y para adelante siguiendo el ritmo.

Empezaron a mecerse como niños jugando a los barcos. El director se desplazó a la parte posterior del patio de butacas.

–Creo que más juntos, querida, desde aquí no parece nada. –Dale juntó a las parejas. Cuando empezaron a moverse de nuevo se oía el roce de su vello púbico. Resultaba difícil no perder el ritmo. En buena medida era cuestión de práctica. Una pareja se derrumbó de lado y la chica se golpeó la cabeza en el suelo. Se frotó la cabeza y Dale se acercó, se la frotó también y volvió a encajarlos. Jasmin bajó a saltitos por el pasillo.

–Vamos a intentarlo con música. Chicos, chicas, acordarse, después del coro, dos por dos.

Os han hablado de la intimidad del acto se-xuu-aal...

Los chicos y las chicas empezaron a mecerse mientras Dale daba palmadas. Uno, dos, tres, cuatro. Jasmin se plantó en mitad del pasillo con los brazos cruzados. Los descruzó y berreó:

—¡Basta! Suficiente.

De pronto se hizo un gran silencio. Las parejas dirigieron la vista hacia el vacío más allá de las luces y esperaron. Jasmin bajó las escaleras despacio, y al llegar al escenario habló dulcemente:

—Ya sé que es difícil, pero tiene que parecer que esto os gusta. —Levantó la voz—. Hay gente a quien le gusta, de verdad. Es un polvo, entendéis, no un funeral. —Bajó la voz—. Vamos a repetirlo, esta vez con un poco de entusiasmo. Jack, por favor.

Dale alineó las unidades que perdieron su posición al mecerse y el director subió de nuevo las escaleras. Estaba mejor, no cabía duda de que esta vez iba mejor. Dale se acercó a Jasmin y observó. Él le pasó la mano sobre los hombros y sonrió a sus gafas.

—Está bien, querida, va a quedar bien.

—Los dos del fondo se están moviendo bien. Si todos fueran así me quedaba sin trabajo —dijo Dale.

Prive el dentro-fuera, un-dos-tres de la Gran Copulación.

Dale batió palmas para ayudarles con el nuevo ritmo. Jasmin se sentó en la primera fila y encendió un pitillo. Llamó a Dale.

—Los del fondo... —Dale se señaló la oreja para indicarle que no le oía y bajó las escaleras hacia él—. Los del fondo, van demasiado deprisa, ¿no te parece?

73

Observaron juntos. Era cierto, los dos que se habían movido tan bien estaban perdiendo el ritmo. Jasmin compuso otro campanario con las manos bajo la nariz y Dale tijereteó hasta el escenario. Se inclinó sobre ellos y empezó a dar palmadas.

–Uno, dos, uno, dos –gritó. No parecieron oírla, ni tampoco los trombones, las cajas y el vibráfono–. Uno, dos, ¡coño! –berreó Dale. Recurrió a Jasmin–. Esperaba que tuvieran al menos algún sentido del ritmo.

Pero Jasmin no oía nada porque él también estaba gritando.

–¡Corten! ¡Paren! Quita eso, Jack. –Algunos crujidos y todas las parejas se detuvieron, menos la del fondo.

Todos miraron a la pareja del fondo, que se movía con mayor rapidez. Llevaban un ritmo particular y sinuoso.

–Dios mío –dijo Jasmin–, están jodiendo. –Chilló a los tramoyistas–: Separadlos, y dejad de sonreír así o no volvéis a trabajar en Londres. –Gritó a las demás parejas–: Todos fuera, volved dentro de media hora. No, no, quedaos aquí. –Se volvió hacia Dale. Estaba ronco–. No sabes cómo lo lamento, querida. Sé muy bien lo que debes sentir. Es asqueroso y obsceno, y todo por mi culpa. Tenía que haberlos chequeado a todos antes. No volverá a ocurrir. –Y mientras él hablaba, Dale tijereteó por el pasillo y desapareció. A todo esto, la pareja seguía meciéndose sin música. Sólo se oían los crujidos del entablado bajo la alfombra y los débiles gemidos de la mujer. Los tramoyistas andaban por ahí, sin saber qué hacer.

Jasmin gritó de nuevo:

–¡Separadlos!

Un tramoyista tiró de los hombros del varón, pero los tenía sudorosos y no había dónde agarrarse. Jasmin volvió la espalda con los ojos llenos de lágrimas. Era increíble. Los demás se alegraban de poder descansar un rato y miraban sin moverse. El tramoyista que había intentado lo de los hombros trajo un cubo lleno de agua. Jasmin se sonó.

–No seáis patéticos –graznó–. A estas alturas mejor es dejarlos que terminen. –Mientras hablaba, la pareja se detuvo con un último espasmo. Se separaron y la chica se fue corriendo al vestuario, dejando allí a su compañero.

Jasmin subió al escenario, temblando de sarcasmo.

–Bien, bien, Portnoy. ¿Ya echaste tu polvete? ¿Te encuentras mejor? –El hombre se levantó, las manos a la espalda. Su polla se agitaba pegajosa, deshinchándose con pequeñas palpitaciones.

–Sí, muchas gracias, señor Cleaver –dijo el hombre.

–¿Cómo te llamas, querido?

–Pollón –Jack reprimió un bufido, la manifestación más cercana a la risa de que era capaz. Los demás se mojaron los labios. Jasmin respiró hondo.

–Pues bien, Pollón, tú y ese hombrecito que tienes ahí pegado podéis salir a gatas de este escenario, y llevaos a vuestra peluda Nelly. Espero que encontréis una alcantarilla donde quepáis los dos.

–Seguro que sí, señor Cleaver, muchas gracias –Jasmin bajó al patio de butacas.

–Los demás, en posición –dijo. Se sentó. Hay días que dan ganas de llorar, llorar de verdad. Pero no lloró, encendió un pitillo.

MARIPOSAS

El jueves vi mi primer cadáver. Hoy era domingo y no había nada que hacer. Y hacía calor. Nunca he sentido tanto calor en Inglaterra. Hacia mediodía decidí dar un paseo. Me detuve al salir de la casa, vacilando. No sabía con seguridad si ir hacia la izquierda o hacia la derecha. Charlie estaba al otro lado de la calle, debajo de un coche. Debió verme las piernas, porque gritó:

—¿Cómo va eso? —Nunca sé cómo contestar a preguntas como ésa. Busqué en la cabeza unos segundos y dije:

—¿Cómo estás, Charlie? —Salió arrastrándose. El sol estaba de mi lado de la calle y le daba justo en los ojos. Se los protegió con la mano y dijo:

—¿Adonde vas ahora? —Seguía sin saberlo. Era domingo, no había nada que hacer, demasiado calor...

—Fuera —dije—. Un paseo... —Crucé la calle y me puse a mirar el motor del coche, aunque para mí no tenía sentido. Charlie es un viejo que sabe de máquinas. Arregla coches para la gente de la calle y sus amigos. Rodeó el coche acarreando una pesada caja de herramientas con las dos manos.

—¿Se murió por fin? —Se detuvo para limpiar una llave con un trozo de hilacha de algodón, por hacer algo. Ya lo sabía, claro, pero quería oír mi versión de la historia.

—Sí —le dije—. Está muerta. —Esperó a que prosiguiese. Me apoyé en un lateral del coche. El techo estaba demasiado caliente para tocarlo. Charlie me incitó.

—Fuiste el último que la vio...

—Yo estaba en el puente. La vi correr por el borde del canal.

—La viste...

—No la vi caerse. —Charlie metió de nuevo la llave en su caja. Se preparaba a arrastrarse otra vez bajo el coche, su forma de decirme que la conversación había terminado. Yo seguía pensando en qué dirección tomar. Antes de desaparecer, Charlie dijo:

—Qué pena, es horrible.

Eché a andar hacia la izquierda porque estaba mirando hacia allí. Recorrí varias calles, entre setos de aligustre y coches aparcados y calientes. En todas las calles había el mismo olor a almuerzos cocinándose. Oí el mismo programa de radio por las ventanas abiertas. Vi gatos y perros pero muy poca gente, y sólo desde lejos. Me quité la chaqueta y me la puse bajo el brazo. Quería estar cerca de árboles y de agua. En esta parte de Londres no hay parques, sólo aparcamientos. Y está el canal, el canal marrón que transcurre entre fábricas y pasa al lado de un depósito de chatarra, el canal donde se ahogó la pequeña Jane. Caminé hasta la biblioteca pública. Sabía de antemano que iba a estar cerrada, pero prefiero sentarme en las escaleras de la entrada. Me quedé allí sentado, protegido por un cuadrado decreciente de sombra. Por la calle soplaba un viento caliente. Removió la basura que había a mis pies. Vi una hoja de periódico impulsada por el viento en mitad de la calle, un pedazo del *Daily Mirror*. Se detuvo y pude leer parte de un titular... «HOMBRE QUE...» No se veía a nadie en los alrededores. Del otro lado de la esquina oí el tintineo de un camión de helados y me di cuenta de que tenía sed. Estaba tocando algo como una sonata de Mozart. Se paró de improviso, en mitad de una nota, como si alguien le hubiera dado una patada a la máquina. Subí rápidamente por la calle pero cuando llegué a la esquina, ya se había ido. Un instante después lo oí de nuevo, y sonaba muy lejos.

En el camino de vuelta no vi a nadie. Charlie se había metido dentro y el coche que estaba arreglando ya no estaba allí. Bebí agua del grifo de la cocina. He leído en algún sitio que un vaso de agua de un grifo de Londres ya se ha bebido antes cinco veces. Tenía un sabor metálico. Me recordaba la mesa de acero inoxidable donde habían puesto a la niña, su cadáver. Probablemente usan agua del grifo para limpiar la superficie de las mesas de la morgue. Tenía que ver a los padres de la niña a las siete de la tarde. No fue idea mía, fue idea de uno de los sargentos de la policía, el que me tomó declaración. Debía haber estado más firme, pero me engañó, me asustó. Me cogía del codo mientras me hablaba. A lo mejor es un truco que les enseñan en la escuela de policía para darles el poder que necesitan. Me cogió cuando salía del edificio y me llevó a un rincón. No podía quitármelo de encima sin pelear con él. Hablaba amablemente, con urgencia, en un susurro entrecortado.

–Usted fue el último en ver a la niña antes de su muerte... –Se demoró en esta última palabra–... y a los padres, ya sabe, les gustaría conocerle. –Me asustaba lo que insinuaba, fuera lo que fuera, y mientras me estuviera tocando tenía el poder. Me apretó un poco más el codo–. Así que les dije que usted iría. Vive casi al lado, ¿verdad? –Creo que aparté la vista y asentí. Sonrió, y así quedamos. En cualquier caso era algo, una reunión, un acontecimiento para darle sentido al día.

Bien entrada la tarde decidí darme un baño y vestirme. Tenía tiempo que matar. Encontré una botella de colonia que nunca había abierto y una camisa limpia. Mientras corría el agua me quité la ropa y me miré el cuerpo en el espejo. Soy una persona sospechosa, lo sé, porque no tengo barbilla. Aunque no podían decir por qué, en la comisaría sospecharon de mí antes incluso de que declarara. Les dije que estaba parado en el puente y que la vi desde el puente, corriendo a lo largo del canal. El sargento de policía dijo:

–Vaya coincidencia, ¿verdad? Quiero decir el hecho de que viviera en la misma calle que usted. –Mi barbilla y mi cuello son una y la misma cosa, y eso genera desconfianza. Mi madre era así también. Hasta que me fui de casa no me pareció grotesca. Se murió el año pasado. A las mujeres no les gusta mi barbilla, no quieren ni acercarse A mi madre le pasaba lo mismo, nunca tuvo amigos. Iba a todas partes sola, hasta en vacaciones. Iba todos los años a Littlehampton y se sentaba a solas en una tumbona, mirando al mar. Hacia el fin de su vida se volvió cruel y flaca, como un lebrel.

Hasta el jueves pasado, después de ver el cadáver de Jane, nunca había pensado nada especial de la muerte. Una vez vi cómo atropellaban a un perro. Vi cómo le pasaba la rueda por el cuello y cómo le reventaban los ojos. Entonces no significó nada para mí. Y cuando murió mi madre no aparecí, por indiferencia, sobre todo, y porque no me gustan mis parientes. Tampoco me daba curiosidad verla muerta, flaca y gris entre las flores. Imagino mi propia muerte como algo parecido. Pero por entonces nunca había visto un cadáver. Un cadáver te hace comparar a los vivos con los muertos. Me hicieron bajar una escalera de piedra y recorrer un pasillo. Yo pensaba que el depósito de cadáveres iba a ser un edificio aislado, pero estaba en un edificio de oficinas de siete pisos. Estábamos en la planta baja. Desde el fondo de las escaleras oía máquinas de escribir. El sargento estaba allí, y un par de personas más, con uniformes. Sujetó los batientes para que yo pasase. En realidad no pensaba que ella iba a estar allí. Se me ha olvidado lo que esperaba, quizás una fotografía, y algunos documentos que firmar. No había pensado mucho en el asunto. Pero estaba allí. Había cinco mesas altas de acero inoxidable puestas en fila. Y había luces fluorescentes en capuchas de zinc verde colgadas con largas cadenas del techo. Estaba en la mesa más cercana a la puerta. Estaba boca arriba, con las palmas vueltas hacia el cielo, las piernas juntas, la boca de par en par, los ojos de par en par, muy pálida, muy tranquila. Todavía tenía el pelo algo húmedo. Su vestido rojo parecía recién lavado. Exhalaba un leve olor a canal. Supongo que no era nada excepcional para el que ha visto muchos cadáveres, como el sargento. Tenía un pequeño cardenal sobre el ojo derecho. Quería tocarla, pero me daba la impresión de que me vigilaban estrechamente. El hombre de la bata blanca dijo rápidamente, como si fuera un vendedor de coches de segunda mano:

–Sólo nueve años.

Nadie respondió, todos la miramos a la cara. El sargento se acercó a mi lado de la mesa con unos papeles en la mano.

–¿De acuerdo? –dijo. Recorrimos de nuevo el largo pasillo. En el piso de arriba firmé los papeles que decían que yo estaba andando por la pasarela, junto a las vías del ferrocarril, y que había visto a una niña, identificada como la del piso de abajo, corriendo a lo largo del camino de sirga del canal. Miré a otra parte y un poco más tarde vi en el agua algo rojo que se hundió hasta perderse de vista. Como no sé nadar, fui a buscar un policía, que se asomó al agua y dijo que no veía nada. Le di mi nombre y dirección y me marché a casa. Media hora más tarde la sacaron del fondo con un cable de arrastre. Firmé tres copias de la declaración. Después tardé mucho en marcharme del edificio. En uno de los pasillos encontré una silla anatómica de plástico y me senté en ella. Frente a mí, por una puerta abierta, veía a dos chicas escribiendo a máquina en su oficina. Me vieron mirarlas, se dijeron algo

y se rieron. Una de ellas salió sonriendo y me preguntó si ya
me atendían. Le dije que sólo me había sentado a pensar un
poco. La chica volvió a la oficina, se inclinó sobre su escritó-
rio y se lo dijo a su amiga. Me miraron inquietas. Sospecha-
ban algo, siempre sospechan. En realidad no estaba pensando
en la chica muerta de abajo. Tenía imágenes confusas de ella,
viva y muerta, pero no traté de reconciliarlas. Me quedé allí
sentado toda la tarde porque no me apetecía ir a ningún otro
sitio. Las chicas cerraron la puerta de su oficina. Al fin me fui
porque todo el mundo se había ido a casa y querían cerrar.
Fui el último en dejar el edificio.

Tardé mucho tiempo en vestirme. Planché mi traje negro, pensando que el negro era lo adecuado. Escogí una corbata azul porque no quería exagerar con el negro. Después,
cuando me disponía a salir de la casa, cambié de opinión.
Subí de nuevo y me quité el traje, la camisa y la corbata. De
pronto me molesté conmigo mismo por tanta preparación.
¿Por qué me importaba tanto su aprobación? Me puse los
pantalones y el jersey viejo que llevaba antes. Lamenté haberme bañado y traté de quitarme con agua la colonia de la nuca.
Pero olía también a otra cosa, al jabón perfumado que había
usado en el baño. Había usado el mismo jabón el jueves, y
eso fue lo primero que me dijo la niña:

—Hueles a flores. —Yo pasaba por delante del jardincito
que daba a la calle, dispuesto a dar un paseo. No le hice
caso. Evito hablar con niños, me resulta difícil adoptar con
ellos el tono adecuado. Y me molesta lo directos que son,
me paraliza. La había visto muchas veces jugando en la calle, generalmente sola, o mirando a Charlie. Salió del jardín
y me siguió.

—¿Dónde vas? —dijo. Seguí sin hacerle caso, esperando que
perdiera interés. Además, no sabía muy bien adónde iba. Me
preguntó otra vez—: ¿Dónde vas?

Tras una pausa, dije:

—No es asunto tuyo. —Echó a andar justo detrás de mí, donde no podía verla. Me daba la impresión de que estaba imitando mi forma de andar, pero no me volví a mirar.

—¿Vas a la tienda del señor Watson?

—Sí, voy a la tienda del señor Watson.

Se puso a mi altura.

—Pues hoy está cerrada —dijo—. Estamos a miércoles.

Yo no tenía respuesta para eso. Cuando llegamos a la esquina de la calle dijo:

—De verdad, ¿dónde vas? —La miré con cuidado por primera vez. Tenía una cara larga y delicada y grandes ojos tristes. Llevaba el pelo, castaño y fino, atado con cintas rojas a juego con su vestido de algodón rojo. Era de una belleza extraña y casi siniestra, como una niña de un cuadro de Modigliani. Dije:

—No sé, sólo voy de paseo.

—Quiero ir contigo. —No dije nada y caminamos juntos hacia el centro comercial. Ella iba también en silencio, y andaba un poco detrás como si esperara que le dijese que se marchara. Sacó un juego que tienen todos los chicos de por aquí. Son dos pelotas duras sujetas al extremo de dos cuerdas que entrechocan rápidamente moviendo de alguna forma la mano. Hace un ruido corto y agudo como el de una carraca de fútbol. Creo que lo hacía para complacerme. Y yo llevaba varios días sin hablar con nadie.

Cuando bajé, tras cambiarme de nuevo de ropa, eran las seis y cuarto. Los padres de Jane vivían doce casas más allá, en el mismo lado de la calle que yo. Como había terminado de prepararme con cuarenta y cinco minutos de adelanto, decidí dar un paseo para matar el tiempo. La calle ya estaba en sombra. Vacilé en la puerta de la calle, pensando en la mejor ruta. Charlie estaba al otro lado de la calle, arreglando otro coche. Me vio, y sin realmente desearlo me acerqué a él. Levantó la cabeza, sin sonreír.

–¿Dónde vas ahora? –Me hablaba como si yo fuera un niño.

–A tomar un poco de aire –dije–. A tomar el aire de la tarde. –A Charlie le gusta saber lo que pasa en la calle. Conoce a todos los de por aquí, niños incluidos. Yo había visto a menudo a la niña allí con él. La última vez le estaba sujetando una llave. Por alguna razón me reprochaba su muerte. Había tenido todo el domingo para pensar sobre ello. Quería oír mi versión de la historia, pero no se animaba a preguntar directamente.

–¿Vas a ver a sus padres, no? ¿A las siete?

–Sí, a las siete en punto. –Esperó a que prosiguiera. Caminé alrededor del coche. Era grande, viejo y oxidado, un Ford Zodiac, el tipo de coche que se ve en esta calle. Era de la familia paquistaní que lleva la tiendecita del fondo de la calle. Por razones que ellos sabrán llaman a la tienda «Watson's». Los gamberros locales les habían dado una paliza a sus dos hijos. Ahora estaban ahorrando para volver a Peshawar. El viejo solía contármelo cuando iba a su tienda, cómo se llevaba a casa a su familia por la violencia y el mal tiempo de Londres. Desde el otro lado del coche del señor Watson, Charlie me dijo:

–Era hija única. –Me estaba acusando.

–Sí –dije–. Ya sé. Es horrible. –Dimos otra vuelta al coche. Entonces Charlie dijo:

–Salió en el periódico. ¿Lo has visto? Decía que la viste hundirse.

–Es verdad.

–¿Y no pudiste alcanzarla?

–No, no pude. Se hundió. –Hice más amplio el círculo de mis pasos alrededor del coche y me fui apartando. Sabía que Charlie no me quitaba los ojos de encima mientras me alejaba por la calle, pero no me volví a confirmar su sospecha.

Al llegar al final de la calle fingí levantar la vista para ver un avión y eché una ojeada por encima del hombro. Charlie estaba de pie junto al coche, con las manos en las caderas, sin dejar de mirarme. A sus pies se había sentado un gran gato blanco y negro. Lo vi todo en un instante, justo antes de doblar la esquina. Eran las seis y media. Decidí caminar hasta la biblioteca para matar el tiempo que quedaba. Era el mismo paseo que había dado antes. Ahora se veía más gente. Pasé junto a un grupo de niños antillanos que estaban jugando al fútbol en la calle. La pelota rodó hasta mí y pasé por encima. Se quedaron quietos y esperando mientras uno de los más jóvenes iba a recoger la pelota. Mientras pasaba a su lado se mantenían en silencio y me observaban con cuidado. En cuanto pasé, uno de ellos hizo rodar por la calle una piedrecita, dirigiéndola a mis pies. Sin darme la vuelta y casi sin mirar la atrapé limpiamente con el pie. Lo hice tan bien por pura casualidad. Todos se rieron y me aplaudieron y me vitorearon, y durante un feliz instante pensé que podría incorporarme a su juego. Alguien devolvió la pelota y se pusieron de nuevo a jugar. El instante pasó y seguí adelante. Estaba tan excitado que el corazón me latía con fuerza. Cuando llegué a la biblioteca y me senté en las escaleras, seguía sintiendo el golpeteo del pulso en las sienes. Rara vez tengo oportunidades como aquélla. No veo a mucha gente; de hecho, los únicos con quienes hablo son Charlie y el señor Watson. Hablo con Charlie porque siempre está ahí cuando salgo por la puerta principal; siempre es él quien inicia la conversación, y no hay manera de evitarlo si quiero salir de casa. Con el señor Watson escucho más que hablo, y escucho porque tengo que entrar en su tienda a comprar comestibles. También fue una oportunidad tener alguien con quien pasear el miércoles, aunque sólo fuera una niñita sin nada que hacer. Aunque en aquel momento no lo hubiera admitido, me gustaba que sintiera una curiosidad genuina por mí, y me atraía. Quería que fuera amiga mía.

Pero al principio me sentía incómodo. Andaba unos pasos detrás de mí, jugando con su peonza y me figuro que haciendo gestos a mis espaldas como suelen hacer los niños. Después, cuando llegamos a la calle comercial principal, se puso a mi lado.

—¿Por qué no trabajas? —dijo—. Mi papá va a trabajar todos los días menos el domingo.

—No me hace falta trabajar.

—¿Ya tienes montones de dinero? —Asentí—. ¿De verdad montones?

—Sí.

—¿Podrías comprarme algo si quisieras?

—Si quisiera... —Estaba señalando una juguetería.

—Una de ésas, por favor, anda, una de ésas, anda. —Se me colgó del brazo, inició una pequeña danza ávida en la acera y trató de empujarme hacia la tienda. Hacía mucho tiempo que nadie me tocaba así, a propósito, desde que era niño. Sentí una oleada fría de emoción en el estómago y me temblaron las piernas. Llevaba un poco de dinero en el bolsillo y no veía razón para no comprarle algo. La hice esperar afuera mientras entraba en la tienda y le traía lo que quería, una muñequita rosada y desnuda, fundida en una pieza de plástico. En cuanto la tuvo, pareció perder interés por ella. En la misma calle, más abajo, me pidió que le comprara un helado. Se paró en la puerta de la heladería esperando que la siguiera. Esta vez no me tocó. Naturalmente, vacilé, no estaba seguro de qué pasaba. Pero ahora me daban curiosidad ella y el efecto que producía en mí. Le di dinero suficiente para comprar helados para los dos y la dejé entrar a comprarlos. Era evidente que estaba acostumbrada a los regalos. Cuando avanzamos un poco más por la calle le dije de la forma más amistosa posible:

–¿Nunca das las gracias cuando alguien te regala algo? –Me miró con desprecio, con sus labios delgados y pálidos enmarcados en helado.

–No.

Le pregunté su nombre. Quería una conversación amistosa.

–Jane.

–¿Qué ha pasado con la muñeca que te compré, Jane? Se miró las manos.

–Me la dejé en la heladería.

–¿No la querías?

–Se me olvidó. –Cuando estaba a punto de decirle que corriera a buscarla, me di cuenta de lo mucho que deseaba tenerla a mi lado, y de lo cerca que estábamos del canal.

El canal es la única extensión de agua que hay por aquí. Andar al lado del agua, aunque sea el agua marrón y hedionda que corre a espaldas de las fábricas, tiene algo de especial. La mayor parte de las fábricas que dan al canal carecen de ventanas y están desiertas. Se puede andar una milla y media por el camino y no encontrar casi nunca a nadie. El sendero pasa por un antiguo depósito de chatarra. Hasta hace dos años había un anciano silencioso que vigilaba el montón de desechos desde una pequeña barraca de lata cerca de la cual tenía, atado a un poste, un gran perro alsaciano. Era demasiado viejo para ladrar. Después la cabaña, el anciano y el perro desaparecieron y en la verja apareció un cerrojo. Los chicos del barrio fueron derribando poco a poco la cerca que rodeaba el terreno, y hoy sólo queda la verja. El depósito de chatarra es lo único interesante de esa milla y media, porque el resto del camino transcurre al pie de los muros de las fábricas. Pero a mí me gusta el canal y me siento menos prisionero junto al agua que en cualquier otro lugar de esta zona de la ciudad. Tras caminar conmigo en silencio un rato, Jane me preguntó de nuevo:

—¿Dónde vas? ¿Por dónde vas a pasear?

—Por el canal.

Se lo pensó un minuto.

—A mí no me dejan acercarme al canal.

—¿Por qué no?

—Porque no.

Ahora caminaba precediéndome un poco. El círculo blanco que rodeaba sus labios se había secado. Mis piernas no me sostenían bien y el calor del sol reflejado en la acera me sofocaba. Ya era necesario persuadirla de que me acompañase a pasear por el canal. La idea misma me puso malo. Tiré lo que quedaba de mi helado y dije:

—Yo paseo por el canal casi todos los días.

—¿Por qué?

—Hay mucha paz... y hay muchas cosas que ver.

—¿Qué cosas?

—Mariposas. —La palabra se me escapó sin que pudiera retenerla. Se volvió hacia mí, súbitamente interesada. Ninguna mariposa podría sobrevivir cerca del canal, el hedor las disolvería. Y ella no tardaría en darse cuenta.

—¿Mariposas de qué color?

—Rojas... amarillas.

—¿Qué más cosas hay?

Vacilé.

—Hay un depósito de chatarra. —Arrugó la nariz. Proseguí rápidamente—: Y también barcas, en el canal hay barcas.

—¿Barcas de verdad?

—Sí, claro, barcas de verdad. —Tampoco esta vez había querido decirlo. Se detuvo y yo también lo hice. Dijo:

—¿No se lo dirás a nadie si voy, verdad?

—No, no se lo diré a nadie, pero tienes que ir a mi lado cuando lleguemos al canal. ¿De acuerdo? —Asintió—. Y quítate el helado de la boca. —Se pasó el revés de la mano por la cara sin mucha convicción—. Ven, ya lo haré yo. —La atraje hacia mí y le puse la mano izquierda en la nuca. Me mojé el índice de la otra mano, como había visto hacer a los padres, y se lo pasé por los labios. Jamás le había tocado los labios a otra persona, ni sentido esta clase de placer. Subía dolorosamente de la ingle al pecho y se instalaba allí, como un puño oprimiéndome las costillas. Me mojé de nuevo el dedo y ella saboreó el dulzor pegajoso de la yema. Se lo pasé una vez más por los labios y esta vez se apartó.

—Me haces daño —dijo—. Aprietas demasiado fuerte. —Nos echamos a andar, y esta vez se quedó a mi lado.

Para bajar al camino de sirga teníamos que cruzar el canal por un puente negro y estrecho con pretiles altos. A mitad de camino, Jane se puso de puntillas y trató de mirar por encima del pretil.

—Levántame —dijo—. Quiero ver los barcos.

—Desde aquí no se pueden ver. —Pero le enlacé por la cintura con las manos y la levanté. Su traje rojo y corto le descubrió el trasero y volví a sentir el puño en el pecho. Me gritó por encima del hombro:

—El río está muy sucio.

—Siempre ha estado sucio —dije—. Es un canal. —Mientras bajábamos los escalones de piedra que llevaban al camino de sirga, Jane se me acercó más. Me dio la impresión de que retenía el aliento. El canal suele fluir hacia el norte, pero hoy estaba completamente quieto. En la superficie se veían manchas de escoria amarilla, que tampoco se movían porque no había viento para empujarlas. De vez en cuando pasaba un coche por el puente, sobre nosotros, y a lo lejos se oía el distante sonido del tráfico de Londres. Aparte de eso, no se oía ningún ruido en el canal. El calor fortalecía el olor del canal, un olor de escoria más animal que químico. Jane susurró:

—¿Dónde están las mariposas?

—No están lejos. Primero tenemos que pasar dos puentes.

—Quiero volver. Quiero volver. —Ya estábamos a más de cien yardas de las escaleras de piedra. Quería detenerse pero yo la apremiaba. Estaba demasiado asustada para separarse de mí y correr sola hasta las escaleras.

—Dentro de poco veremos las mariposas. Rojas, amarillas, a veces verdes. —Me dejé llevar por la mentira, ya no me preocupaba lo que le decía. Me cogió de la mano.

—¿Y los barcos?

—Ya los verás. Más arriba. —Mientras caminábamos, yo sólo pensaba en cómo retenerla a mi lado. En algunos puntos del canal hay túneles que pasan por debajo de las fábricas, carreteras y vías de ferrocarril. El primero de ellos era un edificio de tres pisos que conectaba las fábricas de ambos lados del canal. Ahora estaba vacío, como todas las fábricas. En la entrada del túnel Jane trató de retroceder.

—¿Qué es ese ruido? No quiero entrar aquí. —Oía el agua gotear del techo del túnel al canal, un eco extraño y vacío.

—No es más que agua —dije—. Mira, se ve el otro lado. —El sendero se estrechaba mucho en el túnel, así que la hice andar delante y le puse una mano en el hombro. La sentía temblar. Al llegar al fondo se detuvo bruscamente y señaló. En la salida del túnel, donde el sol entraba un poco, crecía una flor entre los ladrillos. Parecía una especie de diente de león y salía de un montoncito de hierba.

—Es uña de caballo —dijo, la cogió y se la puso en el pelo, detrás de la oreja. Yo dije:

—Nunca he visto flores aquí.

—Tiene que haber flores —explicó—. Para las mariposas.

Caminamos en silencio un cuarto de hora más. Jane me habló una vez para preguntarme de nuevo por las mariposas. Ya parecía haberle perdido algo de miedo al canal y me soltó la mano. Yo quería tocarla, pero no se me ocurría ninguna forma de hacerlo sin asustarla. Traté de pensar en algún tema posible de conversación, pero tenía la cabeza vacía. El sendero empezaba a ensancharse a nuestra derecha. Tras el siguiente recodo del canal, en un terreno inmenso situado entre una fábrica y un almacén, estaba el depósito de chatarra. Delante de nosotros veíamos una columna de humo negro ascender hacia el cielo, y al doblar la esquina vi que salía del depósito de chatarra. Un grupo de chicos se movía alrededor de un fuego. Eran una especie de banda, todos llevaban las mismas cazadoras azules y el pelo corto. Me dio la impresión de que se disponían a asar vivo a un gato. El humo flotaba sobre sus cabezas en el aire estancado, y el montón de chatarra parecía una montaña a sus espaldas. Habían atado al gato por el cuello a un poste, el mismo poste donde solía estar atado el perro alsaciano. El gato tenía las cuatro patas atadas juntas. Estaban construyendo una jaula de alambre sobre el fuego y cuando pasamos a su lado uno de ellos arrastraba al gato por la cuerda del cuello hacia el fuego. Cogí a Jane por la mano y apretamos el paso. Trabajaban concentrados y en silencio, y apenas si hicieron una pausa para mirarnos. Jane tenía los ojos clavados en el suelo. A través de su mano sentía que su cuerpo temblaba.

–¿Qué le estaban haciendo al gato?

–No sé. –Miré por encima del hombro. El humo negro impedía ver bien lo que hacían. Ya estaban bastante lejos, y nuestro sendero se había unido de nuevo a los muros de las fábricas. Jane estaba a punto de llorar, y si tenía la mano en la mía era porque yo la sujetaba firmemente. En realidad no era necesario, porque no había ningún sitio donde se atreviera a correr sola. Atrás, el sendero del depósito de chatarra, delante, el túnel al que nos acercábamos. Yo no tenía la menor idea de lo que iba a ocurrir cuando llegáramos al final del camino. Querría correr a casa, y yo sabía que no la podía dejar marchar. Aparté esta idea de la cabeza. Jane se detuvo a la entrada del segundo túnel.

–No hay mariposas, ¿verdad?

Su voz subió de tono al final de la frase, porque estaba a punto de romper a llorar. Empecé a decirle que quizás hacía demasiado calor para las mariposas. Pero no me escuchaba, estaba gimiendo:

–¡Has dicho una mentira, no hay mariposas, es mentira!

Empezó a llorar con tristeza y sin verdaderas ganas y trató de soltarse de mi mano. Traté de hacerla entrar en razón pero no quiso escucharme. Le apreté la mano y la metí en el túnel. Ahora estaba chillando, un sonido penetrante y continuo que rebotaba en las paredes y el techo del túnel y me llenaba la cabeza. La llevé y la arrastré por el túnel, hasta más o menos la mitad. Y allí, de pronto, sus alaridos fueron ahogados por el estruendo de un tren pasando sobre nuestras cabezas, y el aire y el suelo temblaron. El tren tardó mucho en pasar del todo. Le sujeté los brazos a los costados y no se opuso. El estruendo la sobrecogía. Cuando se apagaron los últimos ecos dijo sin énfasis:

–Quiero ir con mi mamá. –Me bajé la cremallera de la bragueta. No sabía si ella podía ver en la oscuridad lo que se extendía hacia ella.

–Tócamela –dije, y le sacudí suavemente un hombro.

No se movió, así que la sacudí de nuevo.

–Tócame, anda. Sabes lo que digo, ¿verdad?

En realidad lo que quería era algo muy simple. Esta vez la agarré con las dos manos y grité:

–¡Tócamela, tócamela! –Alargó el brazo y me rozó levemente la punta con los dedos. No hizo falta más. Me incliné y me corrí, me corrí en el hueco de mis manos. Igual que el tren, tardé mucho tiempo en bombearlo todo a la mano. Bombeé todo el tiempo que había pasado solo, todas las horas caminando solo y todos los pensamientos que había tenido, todo en la mano. Cuando se acabó me quedé varios minutos en la misma postura, doblado en dos con las manos ahuecadas por delante. Tenía la cabeza clara, el cuerpo relajado, y no pensaba en nada. Me tendí boca abajo, estiré los brazos y me lavé las manos en el canal. Era difícil quitarse aquello con agua fría. Se me pegaba como escoria a los dedos. Lo arranqué a tiras. Entonces me acordé de la niña, que ya no estaba conmigo. Ahora no podía dejarla que volviera a casa, después de lo que había pasado. Tendría que correr tras ella. Me levanté y vi su silueta destacarse contra el fondo del túnel. Iba andando despacio, aturdida, por el borde del canal. Yo no podía correr porque no veía el suelo a mis pies. Cuanto más me acercaba a la luz del sol en la salida del túnel más me costaba ver. Jane estaba a punto de salir del túnel. Cuando oyó mis pisadas a sus espaldas se volvió y dio una especie de grito animal. También echó a correr, e inmediatamente perdió pie. Desde donde yo me encontraba era difícil ver lo que le había ocurrido; su silueta destacada en el cielo desapareció de pronto en la oscuridad. Cuando llegué a su lado estaba tendida boca abajo, con la pierna izquierda casi fuera del sendero y en el agua. Se había golpeado la cabeza al caer y se le veía un chichón sobre el ojo derecho. Tenía el brazo derecho extendido hacia delante y casi llegaba a la luz del sol. Me incliné sobre su rostro para escuchar su respiración. Era profunda y regular. Tenía los ojos bien cerrados y las pestañas aún húmedas de llanto. Yo ya no quería tocarla, ya había bombeado todo aquello al canal. Le quité algo de porquería de la cara y otro poco de la espalda de su traje rojo.

—Niña tonta —dije—. No hay mariposas. —Después la levanté dulcemente, lo más dulcemente que pude, para no despertarla, y la metí con cuidado en el canal.

Suelo sentarme en las escaleras de la biblioteca, me gusta más que meterme dentro a leer libros. Fuera hay más que aprender. Allí estaba sentado ahora, domingo por la tarde, observando cómo mi pulso recuperaba su ritmo cotidiano. Pensé una y otra vez en lo sucedido y en lo que debía haber hecho. Vi la piedra resbalando por la calle, y me vi atraparla limpiamente con el pie, casi sin volverme. Debía haberme vuelto en ese momento, para recibir sus aplausos con una leve sonrisa. Después hubiera devuelto la piedra de una patada, o mejor, hubiera pasado por encima y me hubiera acercado a ellos sin darle importancia, y entonces, al volver la pelota, hubiera estado con ellos, hubiera sido uno de ellos, uno del equipo. Jugaría con ellos en la calle casi todas las tardes, aprendería todos sus nombres y ellos sabrían el mío. Les vería en la ciudad durante el día y me llamarían del otro lado de la calle y cruzarían a charlar. Al terminar el partido uno de ellos se acerca y me coge por el brazo.

—Bueno, hasta mañana...

—Sí, mañana. —Iríamos juntos a tomar copas cuando fueran mayores, y yo conseguiría que me gustara beber cerveza. Me levanté y empecé a rehacer el camino por donde había venido. Sabía que no iba a participar nunca en los partidos de fútbol. Las oportunidades son raras, como las mariposas. Tratas de cogerlas y ya se han ido. Pasé por la calle donde jugaban. Ahora estaba desierta y la piedra que había atrapado con el pie seguía en mitad de la calle. La recogí, me la metí en un bolsillo y seguí caminando para acudir a mi cita.

CONVERSACIÓN CON UN HOMBRE ARMARIO

Me pregunta usted qué hice cuando vi a aquella chica. Bueno, pues se lo diré. ¿Ve usted ese armario de ahí, que llena casi toda la habitación? Vine corriendo hasta aquí, me metí dentro y me hice una paja. No vaya a creer que me la hice pensando en la chica. No, no podría soportarlo. Retrocedí en mis recuerdos hasta que medía tres pies de altura. Eso me hizo terminar antes. Veo que piensa que soy sucio y retorcido. Pues después me lavé las manos, cosa que no todos hacen. Y también me sentí mejor. No sé si me entiende, me distendí. Tal como son las cosas aquí en esta habitación, ¿qué va uno a hacer? Usted no tiene problemas. Seguro que vive en una casa limpia y que su mujer lava las sábanas y que el gobierno le paga para que investigue a otras personas. Está bien, ya sé que es un... ¿cómo se dice?... un asistente social y que trata de ayudar, pero no puede hacer nada por mí como no sea escucharme. No voy a cambiar a estas alturas. He sido yo demasiado tiempo. Pero me hace bien hablar, así que le voy a contar mi vida.

Nunca conocí a mi padre, porque se murió antes de que yo naciera. Creo que los problemas empezaron ahí mismo... me educó mi madre, y nadie más. Vivíamos en una casa enorme cerca de Staines. Ella era retorcida, sabe usted, de ahí me vino a mí. Lo único que quería era tener hijos, pero ni se le pasaba por la cabeza casarse otra vez, por lo que sólo quedaba yo; yo tuve que ser todos los niños que ella había deseado. Trató de evitar que creciera y durante mucho tiempo lo consiguió. Mire, no aprendí a hablar correctamente hasta los dieciocho años. Me tenía metido en casa, no fui nunca al colegio, decía que no era un lugar conveniente. Me abrazaba todo el tiempo, día y noche. Cuando me hice demasiado grande para la cuna se disgustó y fue y se compró una cama con barandilla en una subasta de artículos de hospital. Hacía ese tipo de cosas. Yo dormí en aquel objeto hasta el día en que me fui. No podía acostarme en una cama normal, pensaba que me iba a caer y no me dormía nunca. Cuando ya medía dos pulgadas más que ella, seguía empeñada en ponerme babero. Estaba loca. Compró un martillo, clavos y unos pedazos de madera e intentó fabricar una especie de silla alta para mí, y eso cuando tenía catorce años. Bueno, ya se puede imaginar, aquella cosa se deshizo en pedazos en cuanto me senté. ¡Dios mío, qué papillas me daba de comer! Por eso tengo problemas con el estómago. No me dejaba hacer nada solo, hasta intentó evitar que fuera limpio. Apenas podía moverme sin ella, y a la muy puta aquello le encantaba.

¿Por qué no me escapé cuando crecí? A lo mejor usted piensa que nada me lo impedía. Pues fíjese, ni siquiera se me ocurrió. No conocía ninguna otra vida, no pensaba que era especial. En cualquier caso, ¿cómo me iba a escapar si no podía ni bajar cincuenta pasos por la calle sin cagarme de miedo? ¿Y adónde iba a ir? No era capaz ni de atarme solo los cordones de los zapatos, por no hablar de conseguir un trabajo. ¿Lo digo con amargura? Le contaré algo gracioso. Nunca fui desgraciado, ¿sabe? En realidad ella hacía las cosas bien. Solía leerme cuentos y cosas así, y solíamos hacer figuras de cartón. Teníamos una especie de teatro que hicimos con una caja de fruta, y confeccionábamos personajes con papel y cartón. No, nunca fui desgraciado hasta que averigüé lo que los demás pensaban de mí. Supongo que podía haberme pasado la vida entera viviendo y reviviendo sin cesar mis primeros dos años, sin sentirme nunca desgraciado. Mi madre, en realidad, era una buena mujer. Sólo que retorcida, eso es todo.

¿Cómo me hice adulto? Le voy a decir una cosa, todavía no he aprendido. Tengo que fingir. Tengo que hacer conscientemente todas esas cosas que usted da por supuestas. Siempre estoy pensando en ello, como en un escenario. Aquí me tiene, sentado en esta silla con los brazos cruzados, todo muy bien, pero preferiría estar tirado en el suelo gorjeando que hablar con usted. Ya veo que le parece que bromeo. Sigue costándome mucho trabajo vestirme por la mañana, y últimamente ni siquiera me he preocupado. Y ya ha visto lo torpe que soy con el tenedor y el cuchillo. Preferiría que viniera alguien a darme palmaditas en la espalda y la comida en la boca con una cuchara. ¿Me cree? ¿Le parece asqueroso? Bueno, pues a mí sí. Es la cosa más asquerosa que conozco. Por eso me cago en la memoria de mi madre, porque me hizo así.

Le voy a contar cómo llegué a aprender a fingir que era un adulto. Cuando yo tenía diecisiete años mi madre sólo tenía treinta y ocho. Seguía siendo una mujer atractiva y parecía mucho más joven. De no ser por su obsesión conmigo, se podía haber casado sin el menor problema. Pero estaba demasiado ocupada intentando devolverme a su seno para pensar en esas cosas. Eso hasta que conoció a un tipo, y entonces todo cambió de la noche a la mañana. Sencillamente cambió de obsesión y se puso a recuperar todo el sexo que había perdido. Se volvió loca por aquel individuo, como si no estuviera ya lo bastante loca. Quería traerlo a casa pero no se atrevía por si él me veía, un bebé de diecisiete años. Por eso tuve que crecer toda una vida en sólo dos meses. Empezó a pegarme cuando tiraba la comida o cuando no pronunciaba bien una palabra o sencillamente cuando me ponía a mirarla hacer algo. Y después empezó a salir de noche, dejándome solo en la casa. Ese entrenamiento intensivo fue demasiado para mí. Tener a alguien todo el día encima durante diecisiete años y de pronto encontrarse en plena guerra. Empecé a tener estos dolores de cabeza. Y después los ataques, sobre todo cuando se arreglaba para salir por la noche. Se me descontrolaban brazos y piernas, la lengua hacía cosas sola, como si fuera de otro. Era una pesadilla. Después todo se volvía más negro que el infierno. Cuando volvía en mí, mi madre se había ido de todas formas y yo me encontraba arrastrándome entre mi propia mierda por la casa oscura. Fueron malos tiempos.

Creo que los ataques se hicieron menos frecuentes, porque un día trajo a su hombre a casa. Para entonces yo era ya relativamente presentable. Mi madre decía que era retrasado mental, y supongo que lo era. No recuerdo gran cosa de aquel tipo excepto que era muy grande y que tenía el pelo largo y peinado hacia atrás con brillantina. Siempre llevaba trajes azules. Tenía un garaje en Clapham y como era grande y tenía éxito me odió desde el momento en que me puso por primera vez la vista encima. Ya puede imaginarse mi aspecto; prácticamente no había salido de casa en mi vida. Era delgado y pálido, todavía más delgado y más débil que ahora. Yo también le odié, porque se había llevado a mi madre. Cuando mi madre nos presentó se limitó a hacer un movimiento de cabeza y ya nunca más me dirigió la palabra. Ni siquiera se daba cuenta de mi presencia. Era tan grande y tan fuerte y tan lleno de sí que supongo que no podía soportar la idea de que existiera gente como yo.

Venía a casa con bastante regularidad, generalmente para llevarse a mi madre a algún sitio aquella noche. Yo me quedaba viendo la tele. Me sentía bastante solo. Cuando se terminaba el programa de noche solía quedarme sentado en la cocina esperando a mi madre, y aunque tenía diecisiete años solía llorar mucho. Una mañana bajé y me encontré con el novio de mi madre desayunando en bata. Ni siquiera me miró cuando entré en la cocina. Cuando miré a mi madre, ésta hizo como que fregaba. Después empezó a quedarse con más y más frecuencia, y al final dormía todas las noches en casa. Una tarde se pusieron muy elegantes y salieron. Cuando regresaron se reían y se caían por todas partes. Debían haber bebido mucho. Esa noche mi madre me dijo que se habían casado y que tenía que llamarle padre. Allí terminó todo. Tuve un ataque, el peor de mi vida. No puedo explicarle lo malo que fue, pareció durar días, aunque sólo fue una hora, más o menos. Cuando acabó abrí los ojos y la cara de mi madre expresaba un asco sin límites. No se hace usted idea de lo que puede cambiar una persona en tan poco tiempo. Cuando vi su expresión me di cuenta de que me era tan desconocida como mi padre.

Estuve tres meses con ellos, hasta que encontraron un asilo donde internarme. Estaban demasiado ocupados el uno con el otro para prestarme atención. Casi nunca me hablaban y nunca hablaban entre ellos cuando yo estaba en la habitación. Mire, me alegré bastante de salir de allí, aunque era mi hogar, y sí que lloré un poco cuando me fui. Pero en definitiva me alegraba de alejarme de todo aquello. Y supongo que ellos se alegraban de perderme de vista. La casa donde me llevaron no estaba mal. La verdad es que no me importaba dónde estaba. Pero me enseñaron a cuidar mejor de mí mismo y hasta empecé a aprender a leer y escribir, aunque ahora ya no me acuerdo de casi nada. No fui capaz de leer el impreso que me mandó, ¿verdad? Eso fue una tontería. En cualquier caso, allí no se vivía mal. Había gente rara para todos los gustos y eso me hacía sentirme más seguro. Tres veces por semana nos llevaban, a mí y a otros, a un taller donde aprendíamos a reparar relojes de pulsera y de pared. La idea era permitirme sostenerme y ganarme la vida cuando me marchase de allí. Hasta ahora no he podido ganar ni un penique con eso. Pides trabajo y te preguntan que dónde has aprendido. Cuando se lo dices no quieren saber nada. Una de las mejores cosas de aquel sitio fue conocer al señor Smith. Ya sé que no es un nombre muy sonoro, y él tenía un aspecto bastante vulgar, así que nadie esperaba nada especial de él. Pero era especial. Era el responsable del asilo y fue él quien intentó enseñarme a leer. No lo hice mal. Cuando me fui acababa de terminar *El Hobbit* y me había gustado. Pero una vez fuera nunca tuve mucho tiempo para esas cosas. En cualquier caso, el bueno de Smith intentó de verdad enseñarme. Y me enseñó muchas otras cosas. Cuando llegué, hablaba comiéndome las sílabas, y él me corregía cada vez que hablaba. Después me hacía repetirlo como él. Y después solía decir que me faltaba donaire. ¡Sí, donaire! Tenía en su habitación un tocadiscos enorme, y ponía discos y me hacía bailar. Al principio me sentía como un perfecto idiota. Me decía que me olvidara de dónde estaba, que relajara el cuerpo y flotara sintiendo la música. Así que yo daba cabriolas por la habitación agitando los brazos y las piernas y esperando que nadie me viera por la ventana. Y después empezó a gustarme. Era casi como tener un ataque, sabe, sólo que agradable. Quiero decir que me soltaba de verdad, si es que puede imaginarse algo así. Entonces se terminaba el disco y yo me veía allí sudando y sin aliento, sintiéndome un poco loco. Pero al bueno de Smith no le importaba. Bailaba para él dos veces por semana, lunes y viernes. Algunos días tocaba el piano en vez de poner un disco. Eso no me gustaba tanto, pero nunca dije nada porque se le notaba en la cara que a él sí que le gustaba.

También me inició en la pintura. Pero no una pintura cualquiera, oiga. Por ejemplo, si usted quiere pintar un árbol, probablemente pondría algo de marrón abajo y una mancha verde arriba. Él me dijo que eso estaba mal. En aquel sitio había un gran jardín, y una mañana me llevó bajo unos viejos árboles. Nos detuvimos debajo de uno de ellos, uno que era enorme. Me dijo que quería que yo... ¿cómo era?... tenía que sentir el árbol y después recrearlo. Tardé mucho tiempo en darme cuenta de lo que sugería. Seguí pintando a mi manera. Entonces me enseñó lo que quería decir. Supongamos, me dijo, que quiero pintar ese roble. ¿Qué se me ocurre? Tamaño, solidez, oscuridad. Pintó unas líneas gruesas y negras en el papel. Entonces capté la idea y empecé a pintar las cosas como las sentía. Me dijo que pintase mi propio retrato y pinté estas formas raras en amarillo y blanco. Y después, mi madre, y puse grandes bocas rojas por todo el papel –era su lápiz de labios– y pinté el interior de las bocas de negro. Eso era porque la odiaba. Aunque en el fondo no era así. No he vuelto a pintar desde que me fui, no hay sitio para cosas así fuera de un lugar como aquél.

Si le aburro me lo dice, ya sé que tiene que ver a mucha gente. No hay ninguna razón para que se quede conmigo. Pero sigamos. Una de las reglas de la casa era que uno tenía que irse al cumplir los veintiún años. Me acuerdo de que me hicieron una tarta para consolarme, pero a mí no me gustan las tartas, así que se la di a los otros chicos. Me dieron cartas de presentación y nombres y direcciones de gente para visitar. Yo no quería saber nada de eso. Quería estar solo. Marca mucho tener siempre alguien que te cuida, aunque sea bueno contigo. Así que vine a Londres. Al principio me las arreglé, tenía la cabeza bien firme, sabe, sentía que podía encararme con Londres. Para alguien que en su vida había estado allí todo era nuevo y excitante. Encontré una habitación en

Muswell Hill y me puse a buscar trabajo. Los únicos trabajos que estuve a punto de conseguir consistían en cargar, transportar o cavar. En cuanto me veían me decían que lo olvidase. Por fin encontré trabajo en un hotel, de lavaplatos. Era un lugar ostentoso... la zona de los clientes, claro. Alfombras de un rojo oscuro y candelabros de cristal y una orquestita tocando en un rincón del vestíbulo. El primer día me metí por equivocación en la zona de los clientes. La cocina no estaba tan bien. Dios, no, era una mierda asquerosa. Debían tener poco personal, porque el único que lavaba platos era yo. O a lo mejor me vieron venir. Por lo que fuera, tenía que hacerlo yo solo, doce horas al día con cuarenta y cinco minutos para almorzar.

Las horas de trabajo no me hubieran importado, estaba contento de ganarme yo solo la vida por primera vez. No, fue el jefe de cocina quien realmente me hartó. Me pagaba el sueldo y siempre me daba de menos. El dinero, naturalmente, se lo embolsaba él. El hijo puta era feo, además. En su vida ha visto usted unos granos como los que tenía aquel tipo. En la cara y en la frente, debajo de la barbilla, detrás de las orejas, hasta en los lóbulos. Enormes granos hinchados y también costras, rojas y amarillas. No sé cómo le dejaban acercarse a la comida. Aunque la verdad es que en aquella cocina no les importaban mucho esas cosas. Hubieran cocinado hasta las cucarachas si llegan a saber cómo cogerlas. El jefe de cocina realmente me hartó. Solía llamarme espantapájaros, y se moría de risa. «¡Eh, Espantapájaros! ¿A cuántos has asustado hoy?» Mira quien hablaba. Ninguna mujer sería capaz de acercarse a todo ese pus. Tenía la cabeza llena de pus porque el hijoputa tenía el cerebro sucio. Siempre babeando con sus revistas. Solía perseguir a las mujeres encargadas de limpiar la cocina. Eran todas unas brujas, ninguna de menos de sesenta años, casi todas negras y feas. Parece que le estoy viendo, riéndose y babeando y metiéndoles la mano por debajo de la falda. Las mujeres no se atrevían a decir nada porque podía echarlas. Usted dirá que por lo menos era normal. Pero yo no me cambiaría por él, ni hoy ni nunca.

Yo no me reía de sus chistes como los demás, así que Cara de Pus empezó a ponerse verdaderamente desagradable. Hacía lo indecible por darme más trabajo, todas las labores sucias las hacía yo. También me estaba cansando con la broma del espantapájaros, así que un día, después de haber tenido que restregar los cacharros tres veces por orden suya, le dije: «Vete a la mierda, Cara de Pus.» Eso le dolió de verdad. Nadie se lo había llamado a la cara antes. Me dejó en paz el resto del día. Pero lo primero que hizo la mañana siguiente fue acercarse y decirme: «Ponte a limpiar el horno principal.» Había un enorme horno de hierro forjado, creo que lo limpiaban una vez al año. Tenía las paredes cubiertas de una gruesa capa de escoria negra. Para quitarla había que meterse dentro con un tarro de agua y un raspador. Dentro del horno olía como a gato podrido. Cogí un tarro de agua y algunos raspadores y me metí dentro a gatas. No se podía respirar por la nariz, vomitarías. Cuando llevaba diez minutos allí dentro se cerró la puerta del horno. Cara de Pus me había encerrado. Oía su risa a través de las paredes de hierro. Me tuvo cinco horas dentro, hasta que terminó la pausa del almuerzo. Cinco horas en aquel apestoso horno negro, y encima después me hizo lavar los platos. Ya puede imaginarse lo furioso que yo estaba. No quería perder el trabajo, así que tuve que callarme.

A la mañana siguiente, Cara de Pus se me acercó cuando me disponía a lavar los platos de desayuno. «Me parece haberte dicho que limpiaras ese horno, Espantapájaros.» Así que cogí otra vez mis cosas y entré a gatas. Y en cuanto estuve dentro, la puerta se cerró con estrépito. Me puse como loco.

Le llamé a Cara de Pus todo lo que se me ocurrió y golpeé las paredes hasta levantarme la piel de las manos. Pero no se oía nada, así que después de un rato me calmé y traté de ponerme cómodo. Tenía que mover las piernas todo el tiempo para no acalambrarme. Cuando llevaba allí dentro lo que parecieron ser unas seis horas, oí la risa de Cara de Pus cerca del horno. Entonces empezó a hacer calor. Al principio no me lo podía creer, pensé que estaba imaginando cosas. Cara de Pus había encendido el horno al nivel más bajo. Pronto estuvo demasiado caliente para sentarse y tuve que ponerme en cuclillas. Sentía el calor del suelo a través de los zapatos, me ardían la cara y la nariz. Sudaba por todos los poros y cada bocanada de aire me abrasaba la garganta. No podía golpear las paredes porque estaban demasiado calientes para tocarlas. Quería gritar pero no podía malgastar el aire. Pensé que iba a morir, porque sabía que Cara de Pus era capaz de asarme vivo. A finales de la tarde me dejó salir. Aunque estaba casi inconsciente le oí decir: «Vaya, Espantapájaros, ¿dónde has estado todo el día? Quería que limpiases el horno.» Se echó a reír y los demás le imitaron, sólo porque le tenían miedo. Me fui en taxi a casa y me metí en la cama. Estaba hecho polvo. A la mañana siguiente estaba peor. Tenía ampollas en los pies y todo a lo largo de la columna, donde debí apoyarme en la pared del horno. Y vomitaba. Una cosa sabía seguro, que tenía que ir al trabajo para quedar en paz con Cara de Pus, aunque tuviera que morir en el intento. Andar era un suplicio, así que fui de nuevo en taxi. De alguna manera me las arreglé para resistir toda la mañana, hasta la pausa. Cara de Pus me dejó tranquilo. Durante la pausa se sentó solo a leer una de sus revistas sucias. Justo antes de que acabase el descanso encendí el gas bajo una de las sartenes de patatas fritas. Cabían dos litros, y en cuanto el aceite se puso a hervir me acerqué con él al lugar donde estaba sentado Cara de Pus.

Me dolían tanto las plantas de los pies que me daban ganas de gritar. El corazón me latía con fuerza porque sabía que iba a pescar a Cara de Pus. Llegué a la altura de su silla. Levantó los ojos y al ver la expresión de mi cara supo exactamente lo que le iba a pasar. Pero no le dio tiempo a moverse. Le eché el aceite en la ingle, y por si había alguien mirando fingí resbalar. Cara de Pus aulló como un animal salvaje, nunca he oído a un hombre hacer un ruido como ése. Su ropa pareció disolverse y le vi las pelotas hinchadas y rojas y después blancas. Le había caído por ambas piernas. No paró de chillar en veinticinco minutos, hasta que llegó el médico y le dio morfina. Después me enteré de que Cara de Pus tuvo que pasar nueve meses en el hospital, mientras intentaban sacarle pedacitos de ropa de la carne. Así se la devolví a Cara de Pus.

Después de eso me sentía demasiado enfermo para seguir trabajando. Había pagado ya la renta de mi casa y me sobraba algo de dinero. Pasé las dos semanas siguientes entre mi habitación y la consulta del médico, todos los días. Cuando se me fueron las ampollas empecé a buscar otro trabajo. Pero entonces ya no me sentía tan fuerte. Londres empezaba a pesarme demasiado. Me costaba salir de la cama por las mañanas. Bajo las sábanas estaba mejor, me encontraba más seguro. Me deprimía la sola idea de enfrentarme con miles de personas, el estruendo del tráfico, las colas y esas cosas. Empecé a pensar en los viejos tiempos, cuando estaba con mi madre. Deseaba estar de nuevo allí. La vieja vida entre algodones, donde me lo hacían todo, caliente y seguro. Ya sé que parece una idiotez, pero empecé a pensar que a lo mejor mi madre se había cansado de su marido y que si volvía podríamos reanudar nuestra vida de antes. Bueno, le estuve dando vueltas en la cabeza a lo mismo hasta que llegó a obsesionarme. No pensaba en otra cosa, me llegué a convencer de que me estaba esperando, a lo mejor había pedido a la policía que me localizase. Tenía que ir a casa, y entonces me abrazaría, me pondría la comida en la boca, haríamos juntos otro teatro de cartón. Una tarde, pensando en lo mismo, decidí ir a ella. ¿A qué estaba esperando? Salí corriendo a la calle, bajé toda la calle corriendo. Casi iba cantando de alegría. Tomé el tren de Staines y fui corriendo de la estación a casa. Todo se iba a arreglar. Cuando llegué a nuestra calle aflojé el paso. Las luces del piso de abajo estaban encendidas. Toqué el timbre. Me temblaban tanto las piernas que tuve que apoyarme en la pared. La persona que acudió a la puerta no era mi madre. Era una chica, una chica muy guapa de unos dieciocho años. No se me ocurría nada que decir. Se hizo un silencio estúpido mientras pensaba en algo. Entonces me preguntó qué quién era. Le dije que había vivido en esa casa y que estaba buscando a mi madre. Me dijo que vivía allí con sus padres desde hacía dos años. Se fue adentro para averiguar si alguien había dejado alguna dirección. Cuando se fue me puse a mirar el vestíbulo. Todo era distinto. Había grandes estantes de libros, el papel de la pared no era el mismo y había un teléfono, que nosotros no teníamos. Me dio mucha tristeza verlo todo cambiado, me sentí estafado. La chica volvió y me dijo que nadie había dejado su dirección. Le di las buenas noches y me alejé por el camino de entrada. Me habían dejado fuera. Esa casa era en realidad mía, y yo quería que la chica me invitase a pasar al calor. Si me hubiera echado los brazos al cuello y me hubiera dicho «Ven a vivir con nosotros...» Parece una estupidez, pero eso era lo que pensaba mientras caminaba de vuelta hacia la estación.

Así que me puse otra vez a buscar trabajo. Creo que todo fue por el horno. Quiero decir que fue el horno lo que me hizo pensar que podía volver a Staines como si no hubiera pasado nada. Pensé mucho en aquel horno. De día tenía fantasías donde me veía nacido para vivir dentro de un horno.

Parece increíble, sobre todo después de lo que le hice a Cara de Pus. Pero eso era lo que pensaba, y no podía evitarlo. Cuanto más pensaba en ello, más cuenta me daba de que cuando entré a limpiar el horno la segunda vez en el fondo deseaba que me encerraran. Era como si lo deseara sin saberlo, ¿entiende? Quería estar frustrado. Quería estar donde no pudiera salir. Eso era en el fondo lo que pensaba. Mientras estuve en el horno andaba demasiado preocupado por salir y demasiado furioso con Cara de Pus para aprovecharlo. Se me ocurrió después, eso es todo.

No tuve suerte en la búsqueda de trabajo y, como me estaba quedando sin dinero, empecé a robar en las tiendas. A lo mejor le parece que fue una idiotez, pero era muy fácil. Además, ¿qué otra cosa podía hacer? Tenía que comer. Sólo cogía un poco en cada tienda, generalmente en supermercados. Llevaba un abrigo largo con grandes bolsillos. Robaba cosas como carne congelada y latas de cosas. También tenía que pagar el alquiler de la casa, así que empecé a coger cosas más valiosas y a venderlas en tiendas de segunda mano. Esto funcionó bastante bien durante cosa de un mes. Tenía todo lo que quería, y si quería alguna otra cosa no tenía más que metérmela en el bolsillo. Pero entonces debí descuidarme, porque el detective de una tienda me pescó robando un reloj de un mostrador. No me detuvo allí, cuando lo estaba haciendo. No, me dejó cogerlo y me siguió a la calle. Estaba en la parada del autobús cuando me cogió del brazo y me dijo que volviera a la tienda. Llamaron a la policía y tuve que comparecer ante un tribunal. Resultó que llevaban bastante tiempo vigilándome, así que tenía que responder de varias cosas. Como no tenía antecedentes, me hicieron presentarme dos veces por semana a un funcionario encargado de la libertad vigilada. Tuve suerte. Me podían haber caídos seis meses sin más. Eso me dijo el sargento de policía.

Estar en libertad vigilada no era algo que me pagara la comida o el alquiler. El funcionario era un buen tipo supongo, hizo lo que pudo. Tenía tanta gente en el libro que de lunes a jueves olvidaba mi nombre. En todos los sitios donde trató de conseguirme trabajo querían alguien que supiera leer y escribir, y los demás trabajos exigían fuerza para levantar cosas. Además, la verdad es que yo no quería encontrar otro trabajo. No quería conocer a nadie más y que me llamaran Espantapájaros otra vez. Así que ¿qué iba a hacer? Empecé otra vez a robar. Ahora con más cuidado y nunca dos veces en el mismo sitio. Pero fíjese, me pescaron casi enseguida, más o menos a la semana. Cogí un cuchillo de adorno en un gran almacén, pero los bolsillos de mi abrigo se habían desgastado de tanto llevar cosas. Justo cuando salía por la puerta se me cayó el cuchillo al suelo por el interior del abrigo. Se me echaron tres de ellos encima antes de que pudiera volver la cabeza. Comparecí de nuevo ante el mismo magistrado, y esta vez me puso tres meses.

La cárcel es un sitio curioso. Pero no muy divertido. Yo pensaba que allí dentro todos eran unos gángsters muy rudos, sabe, hombres duros. Pero sólo había unos pocos así. Los demás eran simplemente chiflados, como en el asilo. Allí dentro no se estaba tan mal, mucho mejor de lo que yo me había figurado. Mi celda no era muy distinta de mi habitación de Muswell Hill. De hecho, la ventana de mi celda en la prisión tenía mucho mejor vista, porque estaba más alta. Había una cama, una mesa, y una pequeña estantería y un lavabo. Se podían recortar fotos de revistas y ponerlas en la pared, y en la habitación de Muswell Hill eso no estaba permitido. Tampoco estaba encerrado en la celda, sólo un par de horas al día. Nos dejaban pasearnos y podíamos visitar otras celdas, aunque sólo las del mismo piso. Había una puerta de hierro que impedía subir o bajar las escaleras cuando era la hora.

Había algunos tipos raros en aquella cárcel. Había un tío que solía encaramarse a su silla a la hora de comer y enseñaba las partes. La primera vez que lo vi me sorprendí mucho, pero los demás siguieron comiendo y hablando, así que yo hice lo mismo. Al poco tiempo no me preocupaba nada, aunque lo hacía con mucha frecuencia. Es sorprendente a lo que uno se acostumbra con el tiempo. Y después estaba Jacko. El segundo día entró en mi celda por la mañana y se presentó. Dijo que estaba dentro por estafa y me contó que su padre era entrenador de caballos y que habían tenido mala suerte. Y más y más, me contó un montón de cosas que se me han olvidado. Después se fue. Más adelante vino otra vez y volvió a presentarse desde el principio, como si no me hubiera visto en su vida. Esta vez dijo que estaba dentro por violación múltiple, y que nunca había podido satisfacer su apetito sexual. Yo pensé que me estaba tomando el pelo, porque todavía creía en su primera historia. Pero hablaba completamente en serio. Cada vez que me veía me contaba una historia distinta. Nunca se acordaba de nuestra última conversación, ni quién era. Creo que ni siquiera él sabía en realidad quién era. Como si no tuviera una identidad propia... Uno de los otros me dijo que Jacko había recibido un golpe en la cabeza durante un atraco a mano armada. No sé si sería verdad o no. Nunca sabes qué creer.

No me interprete mal. No todos eran así. Había algunos buenos tipos, y el Sordo era uno de los mejores. Nadie conocía su verdadero nombre, ni el Sordo se lo podía decir porque era sordomudo. Creo que se había pasado casi toda la vida dentro. Su celda era la más cómoda de toda la cárcel, era el único autorizado a hacerse el té. Estuve a menudo en su cuarto. No se hablaba nada, como es natural. Estábamos ahí sentados, a veces nos sonreíamos, nada más. Hacía té: el mejor que he probado en mi vida. Algunas tardes daba una cabezada en su sillón, mientras él leía uno de los tebeos de guerra que tenía apilados en un rincón. Cuando algo me preocupaba solía contárselo. No entendía una palabra, pero asentía y sonreía o se ponía triste, lo que le parecía adecuado a la expresión de mi cara. Creo que le gustaba sentir que participaba en algo. En general, los demás presos le hacían muy poco caso. Los guardias le apreciaban y le traían todo lo que quería. A veces tomábamos tarta de chocolate con el té. Sabía leer y escribir, así que no estaba mucho peor que yo.

Aquellos tres meses fueron los mejores desde que había salido de casa. Puse mi celda cómoda y establecí una rutina rígida. Prácticamente no hablaba más que con el Sordo. No tenía ganas, quería una vida sin complicaciones. A lo mejor está pensando que lo que le dije de estar encerrado en un horno era lo mismo que estar encerrado en una celda. No, no era el dolor-placer de sentirse frustrado. Era un placer más profundo, el de sentirse seguro. De hecho, ahora me acuerdo de que a veces hubiera querido tener menos libertad. Me gustaba la parte del día que teníamos que pasar en la celda. Si nos hubieran obligado a quedarnos todo el día creo que no me habría quejado, lo único es que no habría podido ver al Sordo. Nunca tenía que planear nada. Todos los días eran como el día anterior. No tenía que preocuparme por la comida o el alquiler. Para mí el tiempo no pasaba, como si flotara en un lago. Empecé a preocuparme por tener que salir de allí. Fui a ver al subdirector y le pregunté si podía quedarme. Pero me dijo que cada uno de los de adentro costaba dieciséis libras al día, y que había muchos esperando para entrar. No tenían sitio para todos nosotros.

Así que tuve que salir. Me encontraron trabajo en una fábrica. Me cambié a esta buhardilla, y desde entonces estoy aquí. En la fábrica tenía que sacar latas de frambruesas de una cinta sin fin. Aquello no me importaba, porque había tanto ruido que no tenías que hablar con nadie. Ahora me siento raro. No raro para mí, porque yo sabía que iba a acabar así. Desde aquel horno, quiero estar contenido. Quiero ser pequeño. No quiero el ruido y la gente a mi alrededor. Quiero estar fuera de todo eso, en la oscuridad. ¿Ve usted ese armario, que ocupa casi toda la habitación? Si mira dentro no encontrará ropa colgada. Está lleno de cojines y de mantas. Me meto ahí, cierro la puerta desde dentro con llave y me quedo horas sentado en la oscuridad. Eso le debe parecer bastante idiota. Yo me encuentro bien dentro. No me aburro ni nada parecido. Estoy sentado, sencillamente sentado. A veces desearía que el armario se levantase y se pusiera a andar olvidándose de que yo estoy dentro. Al principio sólo entraba de vez en cuando, pero después se fue haciendo más y más frecuente, hasta que empecé a pasar ahí noches enteras. Como tampoco quería salir por las mañanas, llegaba tarde al trabajo. Después simplemente dejé de acudir al trabajo. Hace tres meses que no voy. Detesto salir. Prefiero mi armario.

No quiero ser libre. Por eso me dan envidia esos bebés que veo por la calle arropados y transportados por sus madres. Quiero ser uno de ellos. ¿Por qué no voy a poder? ¿Por qué tengo que andar, trabajar, hacerme la comida y las mil cosas que hay que hacer al día para seguir vivo? Quiero subirme al cochecito. Es una idiotez. Mido seis pies. Pero eso no cambia en absoluto mis sentimientos. El otro día robé una manta de un cochecito. No sé por qué, supongo que necesitaba entrar en contacto con su mundo, sentir que tenía algo que ver con él. Me siento excluido. No tengo necesidades sexuales ni cosas así. Cuando veo una chica guapa como la que le contaba me retuerzo todo por dentro, y entonces vuelvo aquí y me hago una paja, como le dije. No puede haber muchos como yo. Guardo en el armario la manta que robé. Quiero llenarlo con docenas de mantas como ésa.

Ahora no salgo mucho. Hace dos semanas que no me muevo de esta buhardilla. La última vez compré algunas latas de comida, aunque nunca tengo mucha hambre. Casi siempre estoy sentado en el armario pensando en los viejos tiempos de Staines, deseando que vuelvan. Cuando llueve por la noche, la lluvia golpea en el techo y me despierto. Pienso en la chica que vive ahora en nuestra casa, oigo el viento y el tráfico. Quiero tener otra vez un año. Pero no va a pasar. Sé que no va a pasar.

PRIMER AMOR, ÚLTIMOS RITOS

Desde principios del verano hasta que pareció perder sentido poníamos un colchón delgado sobre la pesada mesa de roble y hacíamos el amor frente a la gran ventana abierta. En el cuarto había siempre corriente y olores del muelle, cuatro pisos más abajo. Yo fantaseaba contra mi voluntad, fantaseaba sobre la criatura, y después, cuando yacíamos de espaldas en la enorme mesa, durante esos silencios profundos, la oía correr y arañar de forma casi imperceptible. Todo ello era nuevo para mí, y me inquietaba, trataba de hablar del tema con Sissel para tranquilizarme. Ella no tenía nada que decir, no hacía abstracciones ni discutía situaciones, vivía en ellas. Mirábamos a las gaviotas girando en círculos por nuestro cuadrado de cielo y nos preguntábamos si nos habrían estado observando desde arriba, ése era el tipo de conversación que teníamos, hipótesis discretamente entretenidas sobre el momento presente. Sissel lo hacía todo según le iba ocurriendo, revolvía el café, hacía el amor, escuchaba sus discos, miraba por la ventana. No decía cosas como estoy contenta o estoy confusa, o quiero hacer el amor, o no quiero hacerlo, o estoy cansada de las peleas de mi familia, no tenía palabras para dividirse en dos, así que yo tenía que sufrir solo, mientras follábamos, lo que parecían crímenes imaginarios y después escuchar a solas cómo arañaba en el silencio. Hasta que una tarde Sissel despertó de un medio sueño, se incorporó en el colchón y dijo:

–¿Qué es ese ruido como de arañazos detrás de la pared?

Mis amigos estaban lejos, en Londres, me escribían cartas angustiadas y reflexivas, no sabían qué hacer. ¿Quiénes eran, qué sentido tenía la vida? Eran de mi edad, diecisiete y dieciocho años, pero yo hice como que no les entendía. Les respondí con postales, buscad una mesa grande y una ventana abierta, les decía. Yo era feliz y parecía fácil, hacía trampas para anguilas, era tan fácil tener un propósito... El verano fue pasando y no volví a saber de ellos. El único que venía a vernos era Adrián, un hermano de Sissel que tenía diez años, y venía huyendo de la tristeza de su hogar desintegrado, de los inesperados cambios de humor de su madre, de la eterna competición de sus hermanas al piano, de las espaciadas y amargas visitas de su padre. Los padres de Adrian y Sissel, tras veintisiete años de matrimonio y seis hijos, se odiaban con amarga resignación y ya no podían soportar vivir en la misma casa. El padre se cambió a un hostal a unas calles de distancia para estar cerca de sus hijos. Era un hombre de negocios sin trabajo y se parecía a Gregory Peck, era optimista y conocía mil formas de hacer dinero con algo interesante. Yo solía encontrarle en el bar. No quería hablar de sus problemas ni de su matrimonio, no le importaba que yo viviera con su hija en un cuarto sobre el muelle. En vez de eso, me habló del tiempo que había pasado en la guerra de Corea, de cuando era vendedor internacional, de las estafas legales de sus amigos, que ahora estaban en la cumbre y habían sido ennoblecidos, y un día me habló de las anguilas del río Ouse, cómo había enjambres de anguilas en el lecho del río, cómo se podía hacer dinero pescándolas y llevándolas vivas a Londres. Le conté que tenía ochenta libras en el banco, y a la mañana siguiente estábamos comprando redes, bramante, aros de alambre y una vieja cisterna de metal para meter las anguilas. Pasé los dos meses siguientes fabricando trampas para anguilas.

Cuando hacía bueno sacaba la red, los aros y el bramante fuera de la casa y me ponía a trabajar en el muelle, sentado en un bolardo. Las trampas para anguilas son de forma cilíndrica, selladas por un lado y con una larga entrada en disminución. Se dejan en el lecho del río, las anguilas entran nadando en busca del cebo y en su ceguera no son capaces de encontrar la salida. Los pescadores se mostraron amistosos y divertidos. Ahí abajo hay anguilas, dijeron, y pescarás unas cuantas, pero con eso no te vas a ganar la vida. Las mareas te harán perder tantas redes como seas capaz de fabricar. Usamos lastres de hierro, les dije, y se encogieron de hombros amablemente y me enseñaron una forma mejor de sujetar la red a los aros, pensaban que estaba en mi derecho de intentarlo por mí mismo. Cuando los pescadores habían salido en sus barcas y no me apetecía trabajar, me quedaba sentado a observar el agua deslizarse sobre el barro al bajar la marea; no tenía prisa por acabar las trampas para anguilas, pero estaba seguro de que me iba a enriquecer.

Traté de interesar a Sissel en la aventura de las anguilas, le conté que alguien nos iba a prestar un bote de remos para el verano, pero no tenía nada que decir al respecto. Así que en vez de hablar pusimos el colchón en la mesa y nos tumbamos sin quitarnos la ropa. Entonces se puso a hablar. Juntamos las palmas de nuestras respectivas manos, examinó con todo cuidado su forma y su tamaño e hizo un comentario simultáneo. Exactamente iguales, tienes los dedos más gordos, aquí te sobra un pedacito. Me midió las pestañas con la yema del pulgar y dijo que le encantaría tenerlas igual de largas, me habló del perro que había tenido de pequeña, tenía unas pestañas largas y blancas. Miró una quemadura del sol que había en mi nariz y habló de eso, de cuáles de sus hermanos se ponían rojos y cuáles morenos, de una cosa que le dijo un día su hermanita pequeña. Nos fuimos desnudando poco a poco. Se quitó de un puntapié las zapatillas y habló de su pie de atleta. Yo escuchaba con los ojos cerrados, aspirando los olores a barro, algas y polvo que entraban por la ventana. Charloteo, así llamaba ella a este tipo de conversación. Cuando estuve dentro de ella me conmoví, me encontré en el interior de mi fantasía, ya no había forma de separar mis crecientes sensaciones de la conciencia de que podíamos hacer crecer una criatura en el vientre de Sissel. Yo no tenía el menor deseo de ser padre, la cosa no iba por ahí. Era huevos, espermatozoides, cromosomas, plumas, agallas, garras, a unas pulgadas de la punta de la polla la química imparable de una criatura que nacía de un légamo rojo oscuro, en mi fantasía me veía impotente ante la antigüedad y poder de este proceso, y sólo de pensarlo me corría antes de tiempo. Sissel se rió cuando se lo conté. Ay, Dios, dijo. Para mí Sissel estaba en el mismo centro del proceso, ella *era* el proceso, y su fascinante poder crecía. Se suponía que debía tomar la píldora, y todos los meses se le olvidaba al menos dos o tres veces. Sin necesidad de discusión acordamos que me correría fuera, pero casi nunca funcionaba. Mientras nos deslizábamos por las prolongadas vertientes de nuestros orgasmos, durante esos últimos y desesperados segundos, yo luchaba por escapar, pero estaba atrapado como una anguila por mi fantasía de la criatura en la oscuridad, esperando, hambrienta, y yo la alimentaba con grandes grumos blancos. En esas descuidadas fracciones de segundo sacrificaba mi vida para alimentar a la criatura, fuera lo que fuera, en el vientre o fuera de él, a follarme sólo a Sissel, a alimentar más criaturas, toda mi vida entregada a ello en un momento de debilidad. Vigilaba las reglas de Sissel, todo en la mujer me resultaba nuevo y no podía dar nada por descontado. Hacíamos el amor durante las reglas copiosas y fáciles de Sissel, nos poníamos bien pegajosos y marrones con la sangre y yo pensaba que ahora éramos nosotros las criaturas en el légamo, que estábamos dentro, alimentados por grandes porciones de nube que entraban por la ventana, por gases extraídos del barro por el sol. Mis fantasías me inquietaban, sabía que no podía correrme sin ellas. Le pregunté a Sissel en qué pensaba ella y se rió como una tonta. En cualquier caso, ni en plumas ni en agallas. Entonces, ¿en *qué* piensas? En casi nada, la verdad es que en nada. Insistí en mi pregunta y ella se refugió en el silencio.

Yo sabía que la que oía rascar allí detrás era mi propia criatura, y la tarde que la oyó también Sissel empecé a preocuparme. Me di cuenta de que también sus fantasías intervenían, de que era un sonido que nacía de nuestros coitos. Lo oíamos cuando habíamos terminado y nos tumbábamos de espaldas en silencio, cuando estábamos vacíos y lúcidos, completamente inmóviles. Parecían como pequeñas garras arañando ciegamente una pared, un sonido tan distante que se necesitaban dos personas para oírlo. Pensábamos que venía de un lugar determinado de la pared. Cuando me arrodillé y acerqué la oreja al rodapié, el sonido cesó y lo sentí al otro lado de la pared, paralizado en mitad de su acción, esperando en la oscuridad. Con el paso de las semanas empezamos a oírlo a otras horas del día, y de vez en cuando por la noche. Yo quería preguntarle a Adrian qué le parecía que era. Escucha, ahí está, Adrian, calla un momento, ¿qué crees tú que es ese ruido, Adrian? Se esforzó con impaciencia por oír lo que nosotros oíamos, pero no se quedó quieto lo suficiente. Ahí no hay nada, gritó. Nada, nada, nada. Se excitó mucho, se montó encima de su hermana, chillando y cantando. Fuera aquello lo que fuera, él no quería oírlo, no quería que le excluyesen. Le arranqué de las espaldas de Sissel y rodamos por la cama. Escucha otra vez, dije, inmovilizándole, ahí está otra vez. Forcejeó hasta liberarse y salió corriendo del cuarto imitando con vigor una sirena de policía de doble tono. El ruido se fue desvaneciendo por la escalera y cuando ya no le oía dije a lo mejor es que le dan miedo los ratones. Serán las ratas, dijo su hermana, y me metió las manos entre las piernas.

Para mediados de julio ya no estábamos tan felices en nuestro cuarto, el desorden y el nerviosismo crecían y al parecer no había manera de discutirlo con Sissel. Adrian aparecía todos los días porque eran las vacaciones de verano y no podía soportar quedarse en casa. Le oíamos cuando le faltaban cuatro pisos por llegar, gritando y galopando escaleras arriba. Entraba ruidosamente, haciendo el pino y pavoneándose. Saltaba a menudo sobre Sissel para impresionarme, estaba inquieto, temía que no nos gustase su compañía y le echásemos, le mandásemos a casa. También estaba preocupado porque ya no entendía a su hermana. Antes siempre estaba dispuesta a pelear, y era una buena luchadora, le oí jactarse de ello ante sus amigos, estaba orgulloso de ella. Ahora su hermana había cambiado, le rechazaba con mala cara, quería que la dejasen en paz para no hacer nada, quería oír discos. Se enfadaba cuando le ponía los pies en la falda, y ahora tenía pechos como su madre, ahora le hablaba como su madre. Bájate de ahí, Adrian. Por favor, Adrian, por favor, ahora no, más tarde. Pero en el fondo no se lo creía del todo, era un cambio de humor de su hermana, una fase, y seguía pinchándola y atacándola esperanzado, necesitaba que las cosas siguieran siendo como eran antes de que su padre se marchara de casa. Cuando atenazaba a Sissel por el cuello y la derribaba de espaldas en la cama me miraba como buscando aliento, pensaba que la verdadera relación era entre nosotros, los dos hombre contra la chica. Lo necesitaba tanto que no se daba cuenta de que nadie le animaba. Sissel nunca echaba a Adrian, comprendía por qué estaba allí, pero era duro para ella. Una larga tarde de suplicios se fue del cuarto casi llorando de rabia. Adrian me miró y arqueó las cejas fingiendo horrorizarse. Traté de hablar con él, pero ya había iniciado sus cánticos y se aprestaba a pelear conmigo. Sissel jamás me dijo nada de su hermano, nunca hacía comentarios generales sobre la gente porque nunca hacía comentarios generales. A veces, oyendo a Adrian subir por las escaleras, dirigía los ojos hacia mí y se dejaba delatar por un leve mohín de sus hermosos labios.

Sólo había una forma de convencer a Adrian de que nos dejara en paz. No podía soportar que nos tocásemos, le dolía, le daba verdadero asco. Cuando observaba que uno de nosotros se acercaba al otro por la habitación nos suplicaba sin palabras, corría a interponerse entre nosotros fingiendo que jugaba, quería llevarnos con engaños a otros juegos. Se ponía a imitarnos, frenético, en un último intento por mostrarnos lo fatuo de nuestro aspecto. Después, no pudiendo soportarlo más, salía corriendo de la habitación ametrallando soldados alemanes y jóvenes amantes por las escaleras.

Pero ahora Sissel y yo nos tocábamos cada vez menos, introvertidos como éramos nos resultaba difícil, sencillamente. No es que ya no nos deseáramos, ni que no gozásemos el uno del otro, sino que nuestras oportunidades se desvanecían. Era la misma habitación. Ya no estaba a cuatro pisos de altura y aislada, por las ventanas no entraba la brisa sino un calor gelatinoso que subía del muelle y de las medusas muertas, y nubes de moscas, ardorosas moscas grises que buscaban nuestras axilas y nos mordían con furia, moscas domésticas que se cernían como nubes sobre nuestra comida. Teníamos el pelo tan largo y tan húmedo que nos tapaba los ojos. La comida que comprábamos se derretía y sabía a río. Ya no poníamos el colchón sobre la mesa, el sitio más fresco era ahora el suelo y el suelo estaba cubierto de una arena viscosa que no había forma de quitar. Sissel se cansó de sus discos y su pie de atleta se le extendió al otro pie y se sumó a los demás olores. Nuestro cuarto apestaba. No hablamos de la posibilidad de marcharnos porque no hablábamos de nada. Los arañazos de detrás de la pared nos despertaban todas las noches, cada vez más fuertes e insistentes. Cuando hacíamos el amor nos escuchaba al otro lado de la pared. Hacíamos menos el amor y la basura se acumulaba a nuestro alrededor, botellas de leche que no nos animábamos a sacar, queso gris y rezumante, envoltorios de mantequilla, cartones de yogur, salchichón pasado. Y en medio de todo ello Adrian dando saltos mortales, cantando, ametrallando y atacando a Sissel. Traté de escribir poemas sobre mis fantasías, sobre la criatura, pero no sabía por dónde empezar y nunca escribí nada, ni la primera línea. En vez de eso daba largos paseos por el dique del río, en las cercanías de Norfolk, entre monótonos campos de remolacha, postes de telégrafo y uniformes cielos grises. Me quedaban dos redes de anguila por hacer, y me forzaba diariamente a trabajar. Pero en el fondo estaba harto de ellas, no creía que fuese a entrar ninguna anguila y me preguntaba si lo deseaba, si no era mejor dejar a las anguilas en paz, en el barro frío del fondo del río. Pero seguí haciéndolo porque el padre de Sissel estaba dispuesto a empezar, porque tenía que expiar todo el dinero y todas las horas gastadas hasta entonces, porque la idea tenía una inercia propia, ahora cansina y frágil, que yo no podía detener, como no podía sacar las botellas de leche de nuestra habitación.

Entonces Sissel encontró un trabajo, lo que me hizo pensar que no éramos distintos de los demás, todos tenían habitaciones, casas, trabajos, carreras, todos hacían lo mismo, tenían habitaciones más limpias, mejores trabajos, éramos la típica pareja que se esforzaba por mejorar. Era en una de las fábricas sin ventanas del otro lado del río, donde enlataban verduras y frutas. Tenía que estar diez horas al día sentada ante una cinta sin fin, entre el rugido de las máquinas, sin hablar con nadie y separando las zanahorias podridas para que no las fuesen a enlatar. Al terminar su primer día, Sissel vino a casa con una gabardina de plástico rosada y blanca y un gorro rosado. ¿Por qué no te lo quitas?, le dije. Sissel se encogió de hombros. Todo le daba igual, estar sentada en el cuarto o estar sentada en la fábrica, donde se oía Radio Uno a través de altavoces colgados en las vigas de acero, donde cuatrocientas mujeres medio escuchaban, medio soñaban, mientras sus manos se movían atrás y adelante como lanzaderas mecánicas. El segundo día de Sissel crucé el río en el ferry y la esperé en la puerta de la fábrica. Unas cuantas mujeres cruzaron una pequeña puerta de latón situada en un gran muro sin ventanas y por todo el complejo de la fábrica se oyó el lamento de una sirena. Se abrieron otras puertecitas y salieron como un torrente, convergiendo hacia la entrada, montones de mujeres con abrigos de nylon blancos y rosados y con gorros rosados. Me subí a un muro y traté de ver a Sissel, de pronto me pareció muy importante. Pensé que se perdería si no era capaz de divisarla en aquel torrente de susurros de nylon rosado, ambos nos perderíamos y nuestro tiempo no tendría valor alguno. El cuerpo principal se movía acercándose con rapidez a la puerta exterior. Algunas corrían con la desesperante torpeza con que se enseña a las mujeres a correr, otras caminaban lo más rápido posible. Después me enteré de que se apresuraban a llegar a casa para preparar la cena para sus familias, para empezar pronto con el trabajo de la casa. Las retrasadas del siguiente turno intentaban a empujones avanzar en dirección opuesta. No veía a Sissel y me sentía en los límites del pánico, gritaba su nombre y mis palabras caían y eran aplastadas por aquella masa. Dos mujeres más viejas que se habían detenido junto al muro para encender sus cigarrillos me sonrieron con una mueca. Ni Sissel ni Nosel. Volví a casa por el camino más largo, cruzando por el puente, y decidí no contarle a Sissel que la había estado esperando porque si lo hacía tendría que explicarle lo del pánico y no sabía cómo. Cuando llegué me la encontré sentada en la cama, con el abrigo de nylon puesto. El gorro estaba tirado en el suelo. ¿Por qué no te quitas eso?, dije. ¿Eras tú el que estaba en la puerta de la fábrica?, dijo ella. Asentí. ¿Por qué no me dijiste nada si me viste allí? Sissel se volvió y se tumbó boca abajo en la cama. Su abrigo estaba manchado y olía a aceite de motor y a tierra. Yo qué sé, dijo, hablando con la almohada, no se me ocurrió, cuando terminó el turno no era capaz de pensar nada. Sus palabras revelaban una fría determinación; eché un vistazo por el cuarto y enmudecí.

Dos días después, el domingo por la tarde, compré varias libras de pulmones de vaca, elásticos y empapados de sangre (lo llamaban bofe), para cebo. Esa misma tarde llenamos las trampas y remamos con la marea baja hasta mitad del canal para dejarlas en el lecho del río. Marcamos cada una de las siete trampas con una boya. El día siguiente, a las cuatro de la mañana, el padre de Sissel vino a buscarme y salimos en su camioneta hacia donde guardábamos el bote prestado. Al poco tiempo remábamos en busca de las boyas indicadoras para sacar las trampas, era la hora de la verdad... ¿habría anguilas en las redes, valdría la pena hacer más redes, pescar más anguilas y llevarlas una vez por semana al mercado de Billingsgate, íbamos a ser ricos? Era una mañana apagada y ventosa. Yo no tenía esperanzas, sólo notaba cansancio y una erección pertinaz. Me había quedado medio dormido al calor de la calefacción de la camioneta. Por la noche había pasado muchas horas sin dormir, escuchando los arañazos de detrás de la pared. En una ocasión me levanté de la cama y golpeé el rodapié con una cuchara. Hubo una pausa, y después se reanudó la excavación. Ya parecía seguro que se iba abriendo camino hacia la habitación. El padre de Sissel remaba y yo buscaba por el costado los indicadores. Encontrarlos no era tan fácil como había pensado, no destacaban blancos contra el agua sino como siluetas bajas y oscuras. Tardamos veinte minutos en encontrar el primero. Cuando lo sacamos me asombró observar que la cuerda, tan blanca y tan limpia en la tienda, ya estaba como todas las demás cuerdas del río, marrón y con finas hebras de alga verde adheridas. También la red tenía un aspecto viejo y extraño, parecía imposible que la hubiéramos hecho nosotros. Dentro había dos cangrejos y una anguila grande. El padre de Sissel desató el lado cerrado de la trampa, dejó caer a los dos cangrejos en el agua y metió la anguila en el cubo de plástico que llevábamos. Metimos bofe fresco en la trampa y la bajamos al agua por un costado del bote. Tardamos quince minutos en encontrar la siguiente trampa, y no tenía nada dentro. Luego remamos río arriba y río abajo media hora más sin encontrar más trampas, y para entonces la marea empezaba a subir y a cubrir los indicadores. En ese momento cogí los remos y puse rumbo a la costa.

Volvimos al hostal donde se hospedaba el padre de Sissel y él hizo el desayuno. No queríamos hablar de las trampas perdidas, nos engañábamos pensando y afirmando que las encontraríamos cuando saliéramos con la próxima marea baja. Pero sabíamos que se habían perdido, barridas río arriba o río abajo por las poderosas mareas, y yo sabía que no era capaz de volver a hacer una trampa para anguilas en mi vida. También sabía que mi compañero iba a pasar con Adrian unas cortas vacaciones, se iban esa misma tarde. Se proponían visitar aeropuertos militares, y esperaban terminar en el Museo Imperial de Guerra. Comimos huevos, bacon y champiñones

122

y bebimos café. El padre de Sissel me explicó una idea que se le había ocurrido, una idea simple pero lucrativa. Las gambas estaban muy baratas aquí en el muelle y muy caras en Bruselas. Podíamos llevar dos camionetas llenas por semana, se le veía optimista, con su estilo amistoso y relajado, y por un instante creí a pies juntillas que su idea iba a funcionar. Terminé el café. Bueno, dije, supongo que habrá que pensarlo. Cogí el cubo con la anguila, ya nos la comeríamos Sissel y yo. Mientras nos despedíamos con un apretón de manos, mi compañero me dijo que la forma más segura de matar una anguila era cubrirla con sal. Le deseé unas felices vacaciones y nos separamos, manteniendo aún la silenciosa mentira de que uno de nosotros saldría a buscar a remo las trampas con la próxima marea baja.

Después de una semana de fábrica no esperaba encontrar a Sissel despierta al llegar a casa, pero estaba sentada en la cama, pálida y hecha un ovillo. Miraba fijamente hacia un rincón de la habitación. Está ahí, dijo. Está detrás de esos libros que hay en el suelo. Me senté en la cama y me quité los zapatos y los calcetines mojados. ¿El ratón? ¿Es que has oído al ratón? Sissel habló sin levantar la voz. Es una rata. La vi cruzar el cuarto, es una rata. Me acerqué a los libros, les di una patada, y salió inmediatamente, oí sus garras rascar la madera del suelo y después la vi correr pegada a la pared y me pareció del tamaño de un perrito; una rata, una rata rechoncha, gris y poderosa que arrastraba la tripa por el suelo. Corrió a lo largo de toda la pared y se escondió detrás de una cómoda. Tenemos que sacarla de aquí, dijo Sissel con una voz plañidera que yo no conocía. Asentí, pero de momento no podía moverme, ni siquiera hablar, era tan grande, la rata, y se había pasado todo el verano con nosotros, rascando la pared durante los silencios claros y profundos de después de follar, durante nuestro sueño, era pariente nuestra. Estaba

123

aterrorizado, tenía más miedo que Sissel, estaba seguro de que la rata nos conocía tan bien como nosotros a ella, sentía nuestra presencia en la habitación como nosotros sentíamos la suya detrás de la cómoda. Cuando Sissel se disponía a hablar oímos un ruido en las escaleras, un sonido familiar de pesados pasos y ráfagas de ametralladora. El sonido me tranquilizó. Adrian entró como de costumbre, pegó una patada a la puerta y se precipitó dentro, agachado y con la metralleta dispuesta en la cadera. Nos roció con unos ruidos broncos procedentes del fondo de su garganta, nos pusimos el índice en los labios y tratamos de acallarle. Estáis muertos, los dos, dijo, y se dispuso a dar un salto mortal en mitad de la habitación. Sissel siseó de nuevo, indicándole por gestos que se acercara a la cama. ¿Por qué shhhh? ¿Qué os pasa? Apuntamos un dedo hacia la cómoda. Es una rata, le dijimos. Se arrodilló de inmediato y se agachó a mirar. ¿Una rata?, musitó. Fantástico, es muy grande, mirad. Fantástico. ¿Qué vais a hacer? Vamos a cazarla. Crucé rápidamente la habitación y cogí un hierro de la chimenea, la excitación de Adrian era una oportunidad para perder el miedo, para fingir que no era más que una rata gorda en nuestro cuarto, que cazarla era una aventura. Sissel empezó a lamentarse otra vez desde la cama. ¿Qué vas a hacer con eso? Por un instante sentí que se me aflojaba la mano sobre el hierro, no era sólo una rata, no era una aventura, ambos lo sabíamos. Adrian, mientras tanto, bailaba su danza. Sí, eso, usa eso. Adrian me ayudó a transportar los libros por la habitación y construimos un muro alrededor de la cómoda con una sola salida para la rata en el medio. Sissel seguía preguntando: ¿Qué estáis haciendo? ¿Qué vas a hacer con eso?, pero no se atrevía a salir de la cama. Terminado el muro, cuando le estaba dando una percha a Adrian para que hostigase a la rata, Sissel atravesó la habitación de un salto y trató de arrancarme el hierro de las manos. Dame eso, gritó, y se colgó de mi brazo levantado. En ese momento la rata salió corriendo por el hueco de los libros, corrió en línea recta hacia nosotros y me pareció verle los dientes desnudos y listos. Nos dispersamos, Adrian se subió a la mesa, Sissel y yo volvimos a la cama. Ahora todos tuvimos tiempo de observar a la rata, que se detuvo en el centro de la habitación y avanzó de nuevo, tuvimos tiempo de ver lo poderosa, rápida y gorda que era, cómo se estremecía todo su cuerpo, cómo se deslizaba tras ella su rabo, como un apéndice parasitario. Nos conoce, pensé, viene por nosotros. No fui capaz de mirar a Sissel, que gritó cuando me vio ponerme de pie en la cama y apuntar con el hierro. Lo lancé con todas mis fuerzas, golpeó el suelo de punta a unas cuantas pulgadas de la estrecha cabeza de la rata. Se revolvió al instante y corrió de nuevo por el hueco de los libros. Oímos cómo arañaba el suelo con las garras mientras se instalaba a esperar detrás de la cómoda.

Desenrollé la percha de metal, la enderecé y la doblé y se la di a Adrián. Él estaba más callado, más temeroso. Su hermana se había sentado de nuevo en la cama hecha un ovillo. Me situé a unos pies del hueco de los libros asiendo firmemente el hierro con las dos manos. Miré al suelo y vi mis pies, pálidos y desnudos y vi unos fantasmales dientes de rata arrancándome la carne de los huesos. Grité. Espera, quiero ponerme los zapatos. Pero ya era tarde, Adrian había empezado a hurgar con el alambre por detrás de la cómoda y no me atreví a moverme. Me agaché un poco, blandiendo el hierro como un bateador. Adrian se encaramó en la cómoda e introdujo bruscamente el alambre por la esquina. Me estaba gritando algo, no pude oír de qué se trataba. La rata, frenética, pasaba corriendo por el hueco, se precipitaba hacia mis pies para tomarse venganza. Enseñaba los dientes como mi rata fantasma. Golpeé con el hierro a dos manos describiendo un círculo, la pesqué de lleno en mitad de la tripa y se levantó del suelo, voló a través de la habitación, sustentada en el prolongado chillido de Sissel, que se tapaba la boca con la mano, se estrelló contra la pared y pensé al momento que se tenía que haber roto la columna. Cayó al suelo patas arriba, abierta de lado a lado como una fruta madura. Sissel no se quitó la mano de la boca, Adrian no se movió de la cómoda, yo no desplacé mi cuerpo de donde había quedado por efecto del golpe, y nadie respiró. Un leve olor empezó a extenderse por la habitación, húmedo e íntimo, como el olor de la sangre mensual de Sissel. Entonces Adrian se tiró un pedo y se rió como un tonto por el miedo reprimido, y su olor humano se mezcló con el abierto olor de la rata. Me incliné sobre la rata y la moví suavemente con el hierro. Rodó de lado, y del prodigioso corte que recorría todo su vientre sobresalió y se deslizó, liberándose en parte del bajo abdomen, una bolsa transparente y violeta con cinco formas pálidas acurrucadas y hechas un ovillo en su interior. Cuando la bolsa llegó al suelo vi un movimiento, la pata de una de las ratas nonatas se estremeció como de esperanza, pero la madre estaba muerta sin remisión y no había nada que hacer.

Sissel se arrodilló al lado de la rata, Adrian y yo nos pusimos firmes a sus espaldas como guardianes, era como si tuviera privilegios especiales, de rodillas y rodeada por su larga falda roja. Abrió el corte de la rata madre con el índice y el pulgar, metió la bolsa dentro y cerró la piel ensangrentada. Permaneció de rodillas un rato, y nosotros nos quedamos de pie tras ella. Después quitó unos cuantos platos del fregadero para lavarse las manos. Todos queríamos irnos, así que Sissel envolvió la rata en un periódico y la llevamos abajo. Sissel levantó la tapa del cubo de la basura y yo la deposité con cuidado en el interior. Entonces me acordé de algo, les dije a los otros que me esperaran y corrí escaleras arriba. Lo que buscaba era la anguila, estaba inmóvil en sus pocas pulgadas de agua y por un momento creí que también estaba muerta, hasta que la vi moverse cuando levanté el cubo. El viento se había calmado y las nubes se abrían, caminábamos por el muelle entre luces y sombras sucesivas. La marea entraba velozmente. Bajamos las escaleras de piedra hasta el borde del agua, dejé a la anguila deslizarse en el río y la vimos serpentear hasta perderse de vista, un relámpago blanco en el agua marrón. Adrian se despidió de nosotros y me pareció que estuvo a punto de abrazar a su hermana. Vaciló y luego se alejó corriendo, gritando algo por encima del hombro. Le deseamos a gritos unas buenas vacaciones. En el camino de vuelta, Sissel y yo nos detuvimos a observar las fábricas del otro lado del río. Me dijo que iba a dejar su trabajo.

Subimos el colchón a la mesa y nos tumbamos frente a la ventana abierta, mirándonos a la cara, como hacíamos a principios del verano. Entraba una brisa ligera, un olor distante a humo otoñal, y yo me sentía calmado y lúcido. Sissel dijo: ¿Por qué no limpiamos la habitación esta tarde y después damos un buen paseo, un paseo por el dique del río? Apoyé la palma de una mano en su cálido vientre y dije… «Sí.»

DISFRACES

Menuda era Mina. Con voz suave y jadeante, y también con sus gruesas gafas, hoy recuerda su última aparición en el escenario. Hacía de Goneril la Amarga en el Old Vic, y no aceptaba bromas, aunque los amigos decían ya entonces que a Mina se le iba la cabeza. Con ayuda del apuntador, dicen, pudo pasar el primer acto, chilló al ayudante de dirección culpable en el entreacto, y le arañó con su larga uña bermeja, bajo el ojo y a la derecha, una pequeña muesca en la mejilla. El Rey Lear se interpuso, ennoblecido la víspera, un titular de la compañía venerado por los no habituales del teatro, y el director se interpuso, palmoteando a Mina con su programa. «Especie de lameculos real» a uno, «Alcahuete de bastidores» al otro, escupió, y trabajó una noche más. Y eso para dar tiempo a su sustituta. La última noche de Mina en el escenario, qué gran dama parecía corriendo de aquí para allá, entrando a tiempo y no tan a tiempo, un tren en un túnel de versos libres, un seno altivo y sin rellenos alzándose al ritmo de sus maullidos, y valiente. Justo al comienzo, lanzó negligentemente una rosa de plástico a la primera fila, y cuando Lear empezó a declamar, ella inició un flirteo con su admirador que provocó ocasionales risitas ahogadas. El público, seres sensibles y sofisticados, estaba con ella y el desesperado melodrama porque conocían a Mina, y cuando salió a saludar le dieron una ovación especial que la mandó llorando a su vestuario, y mientras andaba se apretaba la frente con el revés de la mano.

Dos días más tarde murió Brianie, su hermana, la madre de Henry, así que la confusión de Mina persuadió a Mina en el té del funeral, y presentó las cosas a sus amigos de este modo: que dejó el escenario para ocuparse del hijo de su hermana, la criatura tenía diez años y necesitaba, dijo Mina a sus amigos, una verdadera madre, una Madre Real. Y Mina era una madre surreal.

En el saloncito de su casa de Islington abrazó a su sobrino, estrechó la cara picada de acné contra su seno perfumado y ahora rellenado, y lo mismo al día siguiente en el taxi hacia Oxford Street donde le compró una botella de colonia y un trajecito Fauntleroy con adornos de encaje. Con el paso de los meses le dejó crecer el pelo hasta por encima de las orejas y los hombros, algo atrevido para principios de los sesenta, y le alentó a vestirse para la cena, el tema de esta historia, le enseñó a mezclarse su bebida con los ingredientes del mueblecito-bar, trajo un profesor de violín, un maestro de danza también, un camisero el día de su cumpleaños y luego un fotógrafo con una voz aguda y educada. Vino a sacar fotos difusas en tonos marrones de Henry y Mina posando caracterizados delante de la chimenea y todo eso, le decía Mina a Henry, todo eso era un buen entrenamiento.

¿Entrenamiento para qué? Henry no le hizo esta pregunta ni se la hizo a sí mismo, no era ni introspectivo ni especialmente sensible, del tipo de los que aceptan una nueva vida y este narcisismo sin hacerse una opinión positiva ni negativa, todo es parte de un mismo hecho concreto. El hecho concreto era que su madre había muerto y que a los seis meses su imagen era tan evasiva como una pálida estrella. Había detalles, empero, y preguntaba sobre ellos. Cuando el fotógrafo terminó de contonearse por la habitación, guardó el trípode y se fue, Henry preguntó a Mina a su vuelta de la puerta principal: «¿Por qué tiene una voz tan rara ese hombre?» Se quedaba satisfecho aun sin entender para nada a Mina. «Supongo, mi amor, que porque es mariquita.» Las fotos llegaron pronto, en grandes paquetes, y Mina salió corriendo de la cocina en busca de sus gafas chillando y riendo y desgarrando la rígida envoltura de papel marrón con los dedos. Venían en marcos ovalados y dorados, se las pasó a Henry por encima de la mesa. En los bordes el marrón se difuminaba hasta desaparecer, como humo, precioso e irreal, Henry macilento e impasible, con el torso erguido y una mano descansando ligera en el hombro de Mina. Ella estaba sentada en el taburete del piano, con la falda desparramada en derredor, la cabeza levemente erguida, ensayando un mohín de dama y con el pelo recogido en un moño negro sobre la nuca. Mina se reía, se excitaba y cogía las otras gafas para mirar las fotos alargando el brazo, y al darse la vuelta tiró la jarra de la leche, se rió aún más saltando hacia atrás en la silla para esquivar los pequeños arroyos blancos que goteaban al suelo entre sus piernas. Y entre risa y risa: «¿Qué te parece, mi amor? ¿A que están súper?» «Están bien», dijo Henry, «supongo.»

¿Buen entrenamiento? Tampoco Mina se preguntaba lo que quería decir, pero de haberlo hecho lo hubiera relacionado con el escenario, todo lo que hacía Mina tenía que ver con eso. Siempre en el escenario, hasta cuando estaba sola la observaba un público y actuaba para él, una especie de superego, no se atrevía a disgustarle ni a disgustarse, así que cuando se dejaba caer algo exhausta en la cama con gemido de agotamiento, aquel gemido tenía forma, se expresaba. Y por la mañana, sentada maquillándose frente al espejo del dormitorio rodeado de una pequeña herradura de bombillas, sentía a sus espaldas un millar de ojos y posaba y cuidaba de principio a fin cada uno de sus movimientos, consciente de su absoluta singularidad. Henry no era del tipo de los que ven lo invisible, se equivocaba con Mina. Mina cantando, o abriendo los brazos de par en par, haciendo piruetas por la habitación, comprando sombrillas y trajes, imitándole al lechero el acento del lechero, o simplemente Mina trayendo una fuente de la cocina a la mesa del comedor, sosteniéndola bien en alto, silbando entre dientes alguna marcha militar y marcando el ritmo con las extrañas zapatillas de ballet que siempre llevaba, a Henry le parecía que para él. Eso le inquietaba, no le hacía feliz: ¿tenía que aplaudir, tenía que hacer algo, participar para que Mina no creyese que estaba enfurruñado? A veces captaba el humor de Mina y participaba vacilante en alguna celebración exuberante por la habitación. Entonces algo en la mirada de Mina aconsejaba abstenerse, decía sólo hay lugar para un actor, así que daba un par de pasos más y se sentaba en la silla más cercana.

Le inquietaba, desde luego, pero por lo demás era amable, por las tardes el té estaba listo cuando llegaba del colegio, bocados especiales, algunos pasteles con natillas o bollos tostados, sus favoritos, y luego la charla. Mina resumía sus impresiones y confidencias del día, más esposa en las últimas que tía, hablando deprisa entre bocados, escupiendo migas y con una media luna de grasa sobre el labio superior.

–He visto a Julie Frank almorzando en Three Tuns se los estaba quitando de encima aún vive con ese jockey o entrenador de caballos o lo que sea y sin pensar en casarse pero es una puta rencorosa Henry. «Julie», le dije, «¿qué son esas historias que estás propagando sobre el aborto de Maxine?» ¿Te he hablado de eso, verdad? «¿Aborto?», dijo, «Ah, *eso*. Bromas y tonterías, Mina, nada más.» «¿Bromas y tonterías?», dije.

131

«Me sentí como una idiota cuando aparecí por allí.» «Ooooh, ¿lo sabías?», dijo.

Henry se comió los *éclairs,* asintiendo en silencio y contento de sentarse a oír un cuento después de un día de colegio, Mina los contaba tan bien. Después, en la segunda taza de té, le tocaba a Henry contar su día, más lineal y lentamente, así. «Primero tuvimos historia y después canto y luego el señor Baker nos llevó a pasear por Hampstead Hill porque dijo que nos estábamos durmiendo todos y después hubo recreo y después tuvimos francés y después tuvimos redacción.» Pero llevaba más tiempo porque Mina interrumpía diciendo «me acuerdo que lo que más me gustaba era la historia...» y «Hampstead Hill es el punto más alto de Londres, ten cuidado no te vayas a caer, mi amor», y la redacción, la historia, ¿la había traído? ¿la iba a leer?, espera, primero tenía que ponerse cómoda, bueno, ya puedes empezar. Excusándose mentalmente y muy renuente, Henry sacaba el cuaderno de ejercicios de la cartera, alisaba las páginas, empezaba a leer con la monotonía de un robot azorado: «Nadie del pueblo se acercaba mucho al castillo de Grey Crag por los terribles gritos que oían a medianoche...» Cuando llegaba al final Mina pateaba, y aplaudía, gritaba como si estuviera en las últimas filas de un patio de butacas, alzaba su taza de té: «Hay que buscarte un agente, amor mío.» Ahora le tocaba a ella, cogía la historia, repetía la lectura con las pausas correctas, silbando aullidos y entrechocando cucharas como efectos especiales, le convencía de que era buena, incluso misteriosa.

Este té confesional podía durar dos horas; cuando terminaba se iban a sus cuartos, tocaba vestirse para la cena. A partir de octubre Henry encontraba la chimenea encendida, un resplandor ondulante y sombras de muebles retorciéndose por la pared, su traje o su disfraz extendido sobre la cama, lo que Mina hubiera escogido para él aquella noche. Vestirse para cenar. Eran unas dos horas que la señora Simpson utilizaba para entrar con su llave, hacer la cena y marcharse, Mina para bañarse y tenderse al sol artificial con gafas negras cerradas, Henry para hacer los deberes, leer sus viejos libros, jugar con sus cacharros. Mina y Henry buscaban juntos libros y mapas viejos en las húmedas librerías de los alrededores del Museo Británico, coleccionaban trastos viejos de la calle Portobello y el mercado de Camden, de las tiendas donde vendemos-y-compramos-de-todo de Kentish Town. Una cola de elefantes de tamaño descendente y ojos amarillos, tallados en madera, un tren de cuerda de latón pintado que todavía funcionaba, marionetas sin cuerdas, un escorpión conservado en un tarro de cristal. Y un teatro de niños victoriano con un educado librito de instrucciones para representar dos distintas escenas de *Las mil y una noches*. Se pasaron dos meses moviendo las pálidas figuras de cartón entre los distintos telones de fondo, los cambias con un golpe de muñeca, haces chocar cuchillos y cucharas para los duelos a espada, y Mina se ponía tensa allí encogida de rodillas, a veces se enfadaba cuando él no entraba a tiempo –le ocurría a menudo– pero también ella se equivocaba, y entonces se reían. Mina sabía hacer las voces, todas las voces: de villano, amo, príncipe, heroína, pedigüeño, y trataba de enseñarle, pero sin éxito y se reían de nuevo porque a Henry sólo le salían dos variantes, una aguda y otra grave. Mina se cansó del teatro de cartón, ahora sólo Henry lo ponía delante del fuego y dejaba, en su timidez, que las figuras hablasen en su cabeza. Veinte minutos antes de la cena se quitaba la ropa del colegio, se lavaba, cogía el disfraz que hubiera dispuesto Mina y se reunía con ella en el comedor, donde le esperaba caracterizada.

Mina coleccionaba disfraces, trajes, vestimentas, ropas viejas que encontraba por cualquier parte y les daba forma con la aguja hasta llenar tres armarios. Y ahora también para Henry. Unos cuantos trajes de Oxford Street, pero lo demás material desechado, de grupos de aficionados que se disolvían, pantomimas olvidadas, material de segunda clase de los mejores sastres de teatro, era su hobby, eso es. Para la cena, Henry se ponía un uniforme de soldado, o de ascensorista de hotel americano de antes de la guerra –ahora ya sería un abuelo–, una especie de hábito de monje, una túnica de pastor de las Églogas de Virgilio, representadas una eurítmica ocasión por las chicas de sexto, escritas o arregladas por la jefa de prefectos, pues Mina lo fue en sus tiempos. Henry era obediente y poco curioso, se ponía cada noche lo que encontraba al pie de la cama y se encontraba a Mina abajo con polisón o ballenas, de gato con lentejuelas o de enfermera en Crimea. Pero no hacía diferencias ni representaba lo que sugería el traje, no hacía comentarios sobre el aspecto de ninguno de los dos, daba incluso la impresión de que quería olvidarse del asunto, cenar, relajarse, beber de la copa que le pasaba su sobrino, adiestrado como estaba. Henry se acostumbró a la rutina, le gustaba el ritual del prolongado té y la intimidad estructurada, empezaba a preguntarse, cuando acudía del colegio a casa, qué ropa le habrían preparado, tenía ganas de encontrar algo nuevo sobre la cama. Pero Mina era misteriosa, nunca avisaba durante el té de las novedades, le dejaba descubrirlas y sonreía para sus adentros mientras él le preparaba la bebida y se servía una limonada, con una toga que había encontrado en algún lugar, brindando de un lado a otro de la habitación, en silencio. Le hacía girar sobre sí mismo, tomando nota mental de algún cambio, y empezaban a cenar, la charla y las historias habituales sobre sus tiempos del teatro, o historias de otras gentes. Todo bien extraño, aunque en cierto modo habitual para Henry, las veladas caseras en invierno.

Una tarde, después del té, Henry abrió la puerta de su cuarto y se encontró una muchacha acostada boca abajo en su cama; se acercó un poco y no era una chica, era una especie de vestido de fiesta y una larga peluca rubia, mallas blancas y zapatillas de cuero negro. Contuvo el aliento y tocó el vestido, frío, significativamente sedoso, crujiente al moverse, lleno de volantes y adornos, capa tras capa de satén blanco y encaje bordeado de rosa, con un coqueto lazo cayéndole por la espalda. Lo dejó caer de nuevo en la cama, nunca había visto algo tan de niña, se limpió la mano en los pantalones, sin atreverse a tocar la peluca, que parecía viva. Esto no, él no, ¿de verdad quería Mina que se lo pusiera? Fijó con tristeza los ojos en la cama y cogió las mallas blancas, eso no, era imposible. Bien estaba ser soldado, romano, paje, algo así, pero no una niña, ser una niña estaba mal. Como sus mejores amigos del colegio, no se interesaba por las niñas, evitaba sus reuniones e intrigas, sus susurros y risitas y hacer manitas y pasar notas y te quiero te quiero, le ponían los pelos de punta. Henry recorrió tristemente la habitación de lado a lado, se sentó frente a su escritorio para aprender de memoria palabras francesas, *armoire* armario *armoire* armario *armoire* armario *armoire*... ¿qué?, y miraba todo el tiempo por encima del hombro para ver si seguían allí en la cama, y allí seguían. Veinte minutos para la cena, no podía ser, no podía quitarse la ropa y ponerse aquélla, pero era terrible estropear el ritual del vestirse, y ahora oía a Mina salir del cuarto de baño cantando, se estaba maquillando en el cuarto de al lado. ¿Cómo podía pedirle otra cosa para ponerse, si se había pasado todo el día buscando para comprarle eso, si ayer le había contado lo que costaban las buenas pelucas y lo difíciles que eran de encontrar? Sentado en la cama lo más lejos posible de la ropa y con ganas de llorar, echó de menos, por primera vez en varios meses, a su madre, sólida y siempre igual, escribiendo a máquina en el Ministerio de Transportes. Oyó a Mina pasar junto a la puerta camino de las escaleras para esperarle abajo

135

y empezó a desatarse un zapato y después no, no quería hacerlo. Mina le llamó, sin cambios en su voz habitual. «Henry, amor mío, a ver si bajas.» Él contestó en voz alta: «Un momento.» Pero no era capaz de moverse, no podía tocar aquellas cosas, no quería, ni siquiera en broma, parecer una niña. En las escaleras se oyeron los pasos de Mina, subía a ver qué pasaba, se quitó un zapato como símbolo de conciliación, no podía hacer otra cosa.

Entró caracterizada en su habitación, nunca la había visto ponérselo antes, un uniforme de oficial, enérgico, austero de líneas, finas charreteras de hebilla y una raya roja en los pantalones, el pelo sujeto en la nuca, a lo mejor con brillantina, zapatos negros y relucientes, y en la cara las profundas arrugas de un hombre, una sugerencia de bigote. Atravesó la habitación de dos zancadas. «Pero mi amor, ni siquiera has empezado a arreglarte, déjame que te ayude, de todas formas hay que atarlo por la espalda», y empezó a aflojarle la corbata. Henry estaba demasiado entumecido para resistirse, era tan precisa, le quitaba la camisa, los pantalones, el otro zapato, los calcetines y por último, cosa rara, los calzoncillos. ¿Se había lavado ya? Le cogió por la muñeca, le condujo al lavabo, lo llenó de agua caliente y le pasó una toalla mojada por la cara, después una seca, manejándole con un particular frenesí, un ritmo especial. Quedó desnudo en el centro de la habitación mientras Mina buscaba entre las ropas de la cama y los encontraba, volvía de la cama con ellos en la mano, unos pololos blancos, y Henry se dijo «no» mientras se acercaban. Se inclinó a sus pies, dijo con tono jovial: «levanta una pierna», y le dio un golpecito en un pie con el revés de la mano, y él no fue capaz de moverse, se quedó allí, de pie, asustado por el tono impaciente que se percibía en la voz de Mina: «Vamos, Henry, se va a enfriar la cena.» Movió la lengua antes de hablar: «No, no quiero ponerme eso.» Se quedó un instante inclinada a sus pies, después se enderezó, le asió el antebrazo con un gran pellizco cruel y le miró desde cerca a los ojos, absorbiéndole con la mirada. Vio la máscara del maquillaje pegada a la cara, un hombre viejo, las líneas de cicatrices frívolas y el labio inferior tenso de rabia sobre los dientes, empezó a temblar por las piernas y después por todas partes. Le sacudió el brazo, siseó: «Levanta la pierna», y esperó mientras él iniciaba el movimiento, pero ese movimiento le soltó y por la pierna se deslizó un hilillo de orina. Le llevó de nuevo al lavabo, le secó rápidamente con la toalla y dijo: «Ahora», así que Henry, demasiado asustado, demasiado humillado para negarse, levantó primero una pierna y después otra, se sometió a las capas del vestido, frías contra su piel, metido por la cabeza, atado por detrás, después las mallas, las zapatillas de cuero, y por último la apretada peluca, el cabello de oro le cayó por encima de los ojos y se derramó libremente sobre sus hombros.

La vio en el espejo, una niña inconcebiblemente guapa, apartó los ojos y siguió desdichadamente a Mina escaleras abajo, la seda crujiendo, enfurruñado y con las piernas aún temblando. Mina ya estaba alegre, hizo bromas conciliadoras sobre su resistencia nocturna, habló de un viaje a algún sitio, quizás al parque de atracciones de Battersea, y hasta Henry en su confusión vio que su presencia y apariencia la excitaban, porque se levantó dos veces durante la comida y se acercó a su sitio para abrazarle y besarle, pasando los dedos por la tela: «Todo se ha perdonado, todo se ha perdonado.» Después Mina bebió tres copas de oporto y se arrellanó en la butaca, un soldado borracho llamando a su chica, quería que se acercara a sentarse en las rodillas de su oficial. Henry se mantuvo a distancia, sintiendo pánico en el estómago cada vez que pensaba que Mina... ¿era muy malvada o muy loca?, no podía decirlo, pero desde luego el juego de vestirse ya no es divertido así, le parecía que Mina estaba ansiosa, no se atrevería a llevar la contraria, había algo oscuro en esa forma de empujarle, esa forma de sisear, algo que no comprendía y se lo quitó de la cabeza. Así que al final de la velada, escapando de las manos de Mina que querían sentarle en sus rodillas y viéndose de pasada en los muchos espejos de aquel cuarto, reflejos de la bonita niña rubia en su vestido de fiesta, se dijo: «Es para ella, no tiene nada que ver con nada, es para ella, no tiene nada que ver conmigo.»

Temía lo que no entendía en ella. Henry más bien la quería, era su amiga, quería hacerle reír, no decirle lo que tenía que hacer. Le hacía reír con todas sus extrañas voces, y cuando se excitaba contando una historia, cosa que ocurría a menudo, se la representaba, paseando y hablando por todos los rincones del saloncito. «El día que Deborah dejó a su marido se fue derecha a la parada del autobús...», y aquí Mina danzaba una pequeña marcha moviendo los brazos hasta el centro de la habitación... «y *entonces* se acordó de que a la hora del almuerzo no había autobuses en el pueblo...», protegiéndose los ojos con una mano exploraba el cuarto en busca de un autobús y de pronto se tapaba la boca con la otra mano, abría los ojos de par en par, le colgaba la mandíbula, toda su cara se iluminaba al recordar, como cuando el sol sale por detrás de una nube... «así que volvió a casa para almorzar...», otro paseíto..., «y allí estaba su marido sentado delante de dos platos vacíos, eructando y diciendo: "Bueno, no te esperaba, así que me comí lo tuyo..."» Mina en jarras miraba pasmada a Henry que ahora era el marido sentado a la mesa, y él se preguntaba si debía participar, arrellanarse en la silla y eructar. Pero en vez de eso se reía porque Mina se echaba a reír, siempre lo hacía cuando llegaba al final de su historia. Mina salía de vez en cuando en la televisión, él la admiraba por ello, aunque no eran más que anuncios, solía ser el ama de casa con el buen detergente, los rulos y el pañuelo en la cabeza cotorreando por encima del seto del jardín, alguna vecina se asomaba y le preguntaba por sus sábanas, cuál era su secreto, y Mina se lo contaba con su acento de Londres Sur. Alquilaba el televisor exclusivamente para los anuncios, esperaban sentados con la página de horarios a que saliese y cuando salía se reían. Cuando terminaba lo apagaba, sólo a veces veían un programa, y entonces el problema eran los actores, la ponían de mal humor antes de empezar: «¡Dios!, ése es Paul Cook, le conozco de cuando barría el escenario en el teatro de Ipswich», se levantaba de un salto de la silla, desenchufaba el aparato de camino hacia la cocina y Henry se quedaba sentado viendo cómo el punto blanco iba desapareciendo por el centro de la pantalla.

Una tarde, casi en Navidad, llegó helado y tarde del colegio y encontró un montón, Mina lo había puesto al lado de su plato en la mesa de té y tenía que verlo, un montón de tarjetas lisas y blancas grabadas en cobre con adornos, austeras y decentes, donde se leía Mina y Henry le invitan a su fiesta. Disfraz. Se ruega confirmación. Henry leyó unas cuantas, su nombre extraño en letras de imprenta, y miró a Mina, que le observaba, en el espacio que les separaba se cernía una especie de sonrisa de labios fruncidos, dispuesta a explotar, y Mina le estaba esperando. Excitado pero incapaz de mostrarlo porque lo estaban esperando, dijo mansamente: «Qué bonito», y no era eso, no era eso en absoluto lo que sentía, nunca había estado en una fiesta y nunca había estado en una tarjeta de invitación. De todas formas, algo en Mina lo hacía difícil de decir, se necesitaba más: «Bueno, disfraces, ¿qué clase de disfraces?», pero ya era tarde porque Mina se había levantado riéndose mientras lo decía y se pavoneaba como una bailarina por la habitación canturreando, al ritmo de sus pasos: «¿Es bonito? ¿Bo-nito? ¿Bo-nito? ¿Bo-nito?», y así por el cuarto y de vuelta a la silla donde él seguía sentado mirándola y muy inseguro. Se ponía detrás de su silla enredándole el pelo con falso afecto, en realidad lo tironeaba, y pellizcándole los ojos. «Henry, querido, será formidable, fantástico, espantoso, pero no *bonito,* nosotros nunca hacemos cosas bonitas», hablando sin dejar de pasarle las manos por el pelo, enroscándoselo en los dedos. Se volvió para mirar hacia arriba y escaparse, y ella se había calmado, le estrechó con verdadero afecto. «Vamos a pasarlo mejor que nunca, ¿no estás excitado? ¿Qué te parecen las tarjetas?» Él cogió de nuevo las tarjetas y dijo con seriedad: «Nadie se atreverá a no venir.» El tono de Mina había perdido su punto de crueldad, y mientras servía el té le dijo que los disfraces tenían que ser impenetrables, y bromeó y contó anécdotas sobre los amigos que pensaba invitar.

Después de cenar se quedaron charlando junto al fuego de carbón, Mina vestida estilo New Look de los tiempos de racionamiento y Henry con su traje Fauntleroy, Mina dijo de pronto, tras un largo silencio: «¿Y tú? ¿A quién piensas invitar?» Tardó varios minutos en contestar, pensando en sus amigos del colegio. En el colegio él era distinto, todo era distinto, jugaba a tula y al fútbol, a gritos, contra la pared, y en clase usaba algunas de las palabras y anécdotas de Mina como si fuesen suyas; los profesores le consideraban moderadamente precoz. Tenía muchos amigos, pero era voluble y no tenía un amigo preferido como algunos de ellos. Y después a sentarse en silencio en casa con los espectáculos dramáticos y los humores de Mina, atento para no perder la entrada, no había pensado en las dos cosas juntas, una amplia y libre con grandes ventanas, suelos de linóleo y largas filas de clavijas para colgar el abrigo, la otra era densa, las cosas de su cuarto, dos tazas de té y los juegos de Mina. Contarle el día a Mina era como contar un sueño a la hora del desayuno, cierto y no cierto, finalmente dijo: «No sé, no se me ocurre nadie.» ¿Podían estar en el mismo cuarto sus compañeros de fútbol y Mina? «¿No tienes en el colegio amigos que valga la pena invitar a casa?» Henry no respondió. ¿Cómo se iban a poner trajes, disfraces y cosas de ésas?, estaba seguro de que no pegarían nada.

Al día siguiente Mina no le repitió la pregunta, pero le explicó los detalles, ideas que le rebosaban la cabeza, todo el día pensando en los disfraces. «Ni siquiera los mejores amigos serán capaces de reconocerse», y los disfraces tenían que mantenerse en secreto, nadie sabrá quién es Mina, puede moverse a sus anchas, pasarlo bien, las bebidas que se las sirvan ellos, que ellos se presenten –nombres falsos, desde luego–, y son todos gente de teatro, maestros el disfraz, maestros en el arte de crear personajes, porque ése es el arte del actor en opinión de Mina, crearse una identidad, en otras palabras un disfraz. Y sin pausa más y más detalles, se le ocurría en el baño, bombillas rojas, claro, una receta especial para el ponche, arreglar de alguna manera la música y a lo mejor quemamos algún pebete. Después se enviaron las invitaciones, se organizó cuanto había que organizar y todavía faltaban dos semanas, así que Mina y, en consecuencia, Henry, no volvieron a hablar del asunto. Como ella conocía sus trajes, los había comprado todos personalmente, y no quería reconocerle ese día, le dio dinero para su disfraz, tenía que conseguirlo él solo y prometer no decirle nada a nadie. A base de caminar todo un sábado lo encontró en una tienda de trastos viejos cerca de la estación de metro de Highbury e Islington, entre máquinas de fotos, maquinillas de afeitar rotas y libros amarillentos, una especie de monstruosa cara Boris Karloff hecha de tela con agujeros para la boca y los ojos, que se ponía en la cabeza como un capuchón. Tenía pelos como de alambre en todas direcciones, era extraña y sorprendente, pero no asustaba, costaba treinta chelines, dijo el hombre. Y como ese día no llevaba dinero encima, le dijo al hombre que pasaría a recogerla el lunes a la vuelta del colegio.

* * *

Pero ese día no apareció, ese día conoció a Linda, era la forma en que estaban dispuestos los pupitres, por pares, de cuatro en fondo con un pasillo para pasar. Henry era el último que se había incorporado a la clase, orgulloso de tener un pupitre para él solo, salió así cuando los demás se colocaron. Sus mapas y libros y dos marionetas ocupaban ambos lados, daba gusto sentarse detrás bien ancho. El profesor para explicar lo que eran veinticinco pies dijo más o menos de aquí al pupitre de Henry, y se volvieron a mirar todos los de la clase, estaba claro que era su pupitre. El lunes había una niña, una niña nueva, y sentada en su pupitre, ordenando sus lápices de colores como si fuera su sitio. Al verle mirar bajó los ojos, dijo en voz baja pero no sumisa: «El profesor me dijo que me sentara aquí», y Henry frunció el ceño; mala cosa que violasen su espacio, y además era una niña. Durante las tres primeras clases estuvo sentada, sin marcar su presencia, a su lado, y Henry miraba hacia delante, pues mirar hacia su lado era admitirla, niñas busconas que hacen ojitos. Cuando llegó el recreo se levantó antes que nadie, se quedó en las escaleras bebiendo leche, evitando a sus amigos, y esperó a que se vaciase el aula para entrar a limpiarle media mesa, enfurruñado, metió los cacharros, el ténder del tren de cuerda, ropas viejas y cosas, en dos bolsas de viaje, y sintiéndose como un oscuro mártir las puso detrás de la silla de la niña, quería que supiera las molestias que causaba. Cuando se acercó a sentarse sonrió un poquito, pero él estuvo seco, altivo, huraño, miró a otra parte y se frotó las manos.

Pero el mal humor se pasa y empezó a sentir curiosidad, echó un par de ojeadas y después unas cuantas más, tenía cosas notables, que chocaban, como el pelo largo y fino color amarillo de sol que le cubría los hombros sobre la suave lana con que tapaba su espalda, y la piel pálida como el papel pero casi transparente, y luego la nariz, muy alargada pero firme y tirante, que se ensanchaba como la de un caballo, sus grandes ojos grises asustados. Ella, al ver que la miraba, inició de nuevo una sonrisa con las comisuras de los labios, y el gesto provocó en Henry una inquieta emoción en la boca del estómago, así que apartó la vista, miró hacia el frente del aula, y comprendió vagamente lo que pasaba cuando decían que esta o aquella niña era guapa, cuando hasta entonces siempre le había parecido que debía ser una exageración de Mina.

Cuando uno crece se enamora, Henry lo sabía, de alguna chica que se conoce, y entonces es cuando uno se casa, pero sólo si conoces a una chica que te gusta, y cómo le iba a pasar a él si no había forma de entender a la mayoría de las niñas. Ésta, sin embargo..., le estaba viendo el codo invadiendo casi su lado del pupitre, ésta era frágil y distinta, Henry quería tocarle el cuello, o aproximar un pie a los suyos, ¿o a lo mejor se sentía culpable con tantas novedades, la confusión y los sentimientos? Una clase de historia y todos pintan un mapa de Noruega y colorean barcos vikingos con las proas apuntando hacia el sur. Henry le tocó el codo. «¿Me prestas un lápiz azul?» «¿Azul cielo o azul mar?» «Azul cielo.» Le pasó un lápiz, le dijo que se llamaba Linda y, sujetando el lápiz aún caliente de su mano, Henry se inclinó sobre su mapa con especial cuidado, dibujó un halo azul alrededor de la costa, el lápiz sonaba *linda linda* mientras lo movía de arriba abajo a tres pulgadas de los ojos. Entonces se acordó: «Yo soy Henry», susurró, los ojos grises se abrieron más para captarlo: «¿Henry?» «Sí.» Asustado por su propia audacia, la evitó durante el almuerzo, tuvo cuidado de ponerse a comer en otra mesa y buscó ruidosamente por el patio de juego a sus amigos, que le provocaban: «Ya vemos que tienes una chica», ante lo cual fingió temblar de verdadero asco para hacerles reír y que le comprendieran. Jugaron al fútbol contra la pared del patio y Henry fue el que más gritó, agitando codos y puños, pero cuando la pelota se fue por encima de la pared y hubo que quedarse esperando, su cabeza se había metido ya en la clase para sentarse al lado de una niña. Y cuando él llegó se la encontró allí y le hizo ver con una imperceptible inclinación de la cabeza que la había visto sonreír. La tarde transcurrió aburrida y lenta, se agitó en su asiento sin desear que terminase o que siguiese, consciente de que ella estaba allí sentada.

Cuando terminaron las clases se arrodilló detrás de su silla, haciendo como que buscaba algo en las bolsas, seguro de que no volvería a verla hasta la mañana siguiente. Seguía sentada en el pupitre, terminando algo y sin darse cuenta, así que Henry metió algo más de ruido con las bolsas, se levantó, carraspeó y dijo ásperamente: «Bueno, hasta luego», y su voz resonó en el aula. Ella se levantó, cerró el libro: «Si quieres te llevo una.» Cogiendo una de las bolsas, salió del aula delante de él y cruzaron el patio silencioso, Henry mirando a su alrededor para ver si sus amigos seguían por allí. En la entrada del colegio había una mujer con una chaqueta de cuero y cola de caballo, joven y vieja al mismo tiempo, que se inclinó hacia Linda y la besó en los labios. Dijo: «¿Ya tienes un amigo?», mirando a Henry, que se había quedado a unos pasos. Linda se limitó a decir: «Se llama Henry», y le dijo a éste: «Es mi madre», y su madre extendió el brazo hacia Henry que se acercó y le dio la mano, muy mayorcito. «Hola, Henry, ¿quieres que te llevemos con tus bolsas a casa?», señaló con un vago movimiento de muñeca el coche negro y grande que había estacionado a sus espaldas. Puso las bolsas en el asiento de atrás, sugirió que todos se sentasen delante, cosa que hicieron, y Linda se apretó contra él para dejar a su madre cambiar las marchas. No le esperaban pronto en casa por lo de la máscara, le había dicho a Mina que llegaría tarde, así que aceptó cuando le invitaron a tomar el té y escuchó sentado y presionado contra la puerta cómo Linda le contaba a su madre su primer día en el nuevo colegio. Bajaron por un paseo en curva pavimentado con gravilla y se detuvieron frente a una gran casa de ladrillo rojo rodeada de árboles por todas partes y entre los árboles la colina de Heath descendiendo con prolongada regularidad hacia un lago, que Linda señaló cuando pasaron por un lado de la casa. «Ese caserón de ahí, que se ve justo entre los árboles, es Kenwood House, hay muchos cuadros viejos que se pueden ver gratis. Tienen el *Autorretrato* de Rembrandt, el cuadro más famoso del mundo.» Y la Mona Lisa qué, se preguntó Henry, pero quedó muy impresionado.

Su madre preparó el té, Linda llevó a Henry a ver su cuarto por un pasillo tapizado de gruesas alfombras que apagaban el ruido de sus pasos, daba al vestíbulo al pie de una ancha escalera, que se dividía en dos a mitad de camino hacia el gran descansillo, un espacio en forma de herradura con un reloj de pie a un lado y en el otro una enorme cómoda chapada de bronce con figuras grabadas. Era una cómoda de ajuar, le dijo Linda, donde ponían los regalos de la novia, tenía cuatrocientos años. Subieron otra escalera, ¿era suya toda la casa? «Antes era de papá, pero se fue, así que ahora es de mamá.» «¿Dónde se ha ido?» «Quería casarse con alguien en vez de con mamá, así que se divorciaron.» «Y entonces le dio la casa a tu m-madre para compensar.» No se animó a decir «mamá». Era un depósito de chatarra con una cama, el cuarto de Linda, el suelo cubierto de cosas que bloqueaban la puerta, cochecitos de niño de juguete, muñecas, sus ropas, juegos y partes de juegos, una gran pizarra en la pared y la cama sin hacer, las sábanas tiradas en mitad del cuarto, más allá la almohada, botes y pinceles frente a un espejo y todas las paredes de color rosa, extraño y femenino, le excitaba. «¿No tienes que ordenarlo?» «Esta mañana tuvimos una pelea de almohadas. Me gusta desordenado, ¿a ti no?» Henry bajó las escaleras tras Linda, siempre es mucho mejor hacer lo que quieres si encuentras un sitio donde hacerlo.

Durante el té le dijo, la madre de Linda, que la llamase Claire, y después, cuando le preguntó si quería algo y él contestó: «No, gracias, Claire», Linda se atragantó con lo que estaba bebiendo y Henry y Claire le dieron grandes manotazos en la espalda y después se rieron sin ton ni son, Linda se agarró a Henry para no caerse al suelo. En medio de todo ello un hombre alto asomó la cabeza por la puerta de la cocina, tenía cejas negras y espesas, sonrió: «Divirtiéndose, eh», y desapareció. Cuando Henry se puso el abrigo para marcharse y le preguntó a Linda quién era aquel hombre, ella le dijo que era Theo, que a veces venía a pasar un tiempo con ellas, y susurró: «Duerme en la cama de mamá.» Quiso tragarse las palabras mientras las estaba diciendo, pero preguntó «¿para qué?» y Linda se echó a reír como una tonta escondiendo la cabeza en el muro de abrigos. Se sentaron los tres de nuevo en el asiento de delante, bien apretados, y en seguida Linda quiso que cantasen *«Frère Jacques»*, cosa que hicieron sin cesar hasta llegar a Islington, tan alto que los ocupantes de los coches les oían cuando se paraban en los semáforos y les sonreían a través de las ventanillas. Dejaron de cantar cuando Claire se arrimó a la acera frente a la casa de Henry, de pronto se hizo un gran silencio. Se inclinó sobre el asiento para recoger las bolsas de atrás, murmurando gracias por..., pero Claire le interrumpió preguntando si quería venir el domingo, y Linda gritó que tenía que ser todo el día, y todos hablaban al mismo tiempo, Claire, que si quería le podía recoger en el coche, Linda, que prometía llevarle a ver los cuadros de Kenwood House, Henry, que tenía que preguntárselo a Mina pero que seguro que sí. Linda le oprimió la mano: «Nos vemos en el colegio», gritando, saludando, con el comienzo de otro coro perdido en el estruendo de un camión que pasaba, le dejaron allí en la acera con sus bolsas y esperó un poquito antes de entrar en casa.

* * *

Mina estaba sentada a la mesa, con la cabeza entre las manos, rodeada de las cosas del té. No respondió al hola de Henry, que se entretuvo inquieto junto a la puerta, quitándose el abrigo, buscando en las bolsas. Mina dijo sin alzar la voz: «¿Dónde has estado?» Henry miró el reloj, eran las seis menos diez, llegaba una hora y treinta y cinco minutos tarde. «Ya te dije que llegaría una hora tarde.» «¿Una hora?», dijo, arrastrando lentamente las palabras, «ya son casi dos horas.» Mina estaba rara, le recordaba algo, sintió que se le aflojaban las piernas. Cuando se sentó se puso a jugar con una cucharilla, embutiéndola en un túnel hecho con los nudillos, hasta que Mina resopló con fuerza. «Deja eso», estalló: «Te he preguntado que dónde has estado.» Se lo explicó con voz temblorosa, la madre de un amigo del colegio le había invitado a tomar el té en su casa y... «Creía que ibas a buscar tu disfraz», hablaba sin levantar nada la voz. «Bueno, pensaba, pero...» Henry se miró los dedos, extendidos sobre la mesa. «Y si tenías que ir a casa de alguien podías habérmelo dicho.» Entonces gritó a pleno pulmón: «Tenemos un maldito teléfono.» Ninguno de los dos dijo nada más, el eco de las palabras de Mina se quedó cinco minutos en la habitación, repicando en su cabeza, y después ella dijo bajito:

147

«Encima te importa un bledo. Sube y vístete.» Él sabía que había frases que lo arreglarían todo, pero no tenía las palabras en la cabeza, sólo estaban las cosas que veía, sus nudillos, el dibujo de la tela de debajo llenaba su atención, nada que decir. Se dirigió hacia la puerta por detrás de la silla de Mina, que se volvió y le cogió por el codo. «Y esta vez nada de tonterías», y después le apartó. En lo alto de las escaleras pensó en lo que le había dicho, nada de tonterías, algún nuevo traje humillante, por llegar tarde y estropear el ritual acostumbrado. Se aproximó a la niña extendida ordenadamente en la cama, la misma niña que la otra vez. Se quitó la ropa sin pensarlo, no podía provocar de nuevo el frenesí de Mina, la cruel necesidad que la hacía tan extraña, le asustaba, ahora temía y temblaba con la frialdad de la tela sobre su piel, y las mallas blancas, se apresuró para que no fuese a pensar que vacilaba. Manoseó las delgadas cintas de cuero, los dedos se movían solos, y cogió la peluca, se plantó delante del espejo para ponérsela bien, allí plantado se miró, se quedó paralizado, otra vez esa inquietud en la boca del estómago, porque ahora ella estaba allí en su dormitorio, con el pelo cayéndole libremente por los hombros, con su piel pálida y tersa, su nariz. Cogió el espejo de mano que había en el lavabo, se miró la cara desde todos los ángulos, los ojos eran de distinto color, los de él más azules y su nariz un poco más grande. Pero era el primer golpe de vista, la impresión del primer golpe de vista lo que no olvidaba. Se quitó la peluca, daba risa, su pelo negro y corto con el vestido de fiesta, le hizo reír. Se puso de nuevo la peluca, esbozó unos pasos de danza por la habitación, Henry y Linda al mismo tiempo, más cerca que en el coche, ahora dentro de ella y ella estaba dentro de él. Ya no estaba oprimido, se había liberado de la ira de Mina, invisible dentro de aquella niña. Empezó a peinarse la peluca como había visto a Linda hacerlo cuando volvía del colegio, empezando por un lado y hacia abajo, para no estropear las puntas le había dicho.

Seguía delante del espejo cuando Mina entró de improviso en la habitación, el mismo uniforme de oficial, el rostro más duro aún que la otra vez, le hizo girar tomándole por los hombros hasta que lo tuvo de espaldas, entonces le ató el vestido por detrás, canturreando suavemente entre dientes. También ella le peinó la peluca, le pasó la mano por entre las piernas para sentir su ropa interior y, satisfecha, le hizo girar de nuevo hasta tenerle de frente y él sintió el mismo temor inmóvil al verse cerca de las profundas arrugas de la cara maquillada, los rectos mechones de pelo engominado. Se inclinó sobre él, le acercó, le besó en la frente: «No está mal», y le llevó abajo por la mano en silencio, y esta vez fue ella quien sirvió las bebidas, dos copas llenas de vino tinto. Inclinó la cabeza, le puso el vaso en la mano, se cuadró y dijo con una voz áspera y falsa: «Aquí tienes, querida.» Henry sostuvo la copa, tan poco habitual, el pie cobreado era demasiado corto para cogerlo con el puño cerrado, la sostuvo con las dos manos. En ocasiones especiales Mina le mezclaba cerveza y limonada, y lo normal era sólo limonada. Ahora Mina se había plantado de espaldas al fuego, con el torso bien erguido, la copa al nivel de su pecho aplanado: «Salud», y bebió dos grandes tragos, «bebe». Se mojó la punta de la lengua, reprimió un estremecimiento agridulce y después cerró los ojos y tomó un sorbo, empujándolo rápidamente hacia el fondo de la garganta con la lengua y evitando así todo el sabor menos algo seco que le quedó en la boca de regusto. Mina vació su copa de vino, estaba esperando a que él vaciase la suya, llevó su copa vacía al mueblecito para volver a llenarla, puso el vino en la mesa y empezó a traer las fuentes. Mareado e irreal, la ayudó a traer una fuente del calientaplatos, el silencio de Mina le extrañaba. Se sentaron, Linda y Henry, Henry y Linda.

Durante la comida Mina alzaba su copa y decía: «Salud», no bebía hasta que él alzaba la suya, una vez se levantó para servir más vino. Ahora todo resbalaba, todo lo que miraba flotaba separándose e inmóvil al mismo tiempo, el espacio entre los objetos ondulaba, el rostro de Mina se astillaba, movía y fundía con sus imágenes, así que se sujetó al borde de la mesa para estabilizar la habitación y vio que Mina le veía hacerlo, vio su desgarrada sonrisa que quería ser de aliento, la vio flotar pesadamente en busca de la cafetera por los desplazamientos del cuarto en sus tres dimensiones, y si cerraba los ojos si cierras los ojos puedes caerte del borde del mundo, se va elevando desde cerca de tus pies. Y mientras tanto Mina decía, Mina quería saber algo, cómo había pasado la tarde, qué había hecho en la otra casa, así que recuperó su lengua de donde ésta estuviese para contárselo, oyó su propia voz acercarse desfallecida desde el cuarto de al lado, sintió el paladar seco: «Nosotros... la llevamos... nos llevó...», hasta que se dio por vencido, sometiéndose a los rebuznos y los ladridos y las risas de Mina. «Ay, mi nenita ha bebido demasiado», y mientras lo decía se precipitaba hacia él, le sujetaba por las axilas, le medio llevaba medio arrastraba hasta el sillón y allí se lo sentaba en el regazo y le hacía girar el cuerpo para que le colgasen las piernas por un lado del sillón, le acunaba la cabeza en los brazos le oprimía caliente y toda encima como un luchador, él no podía mover los brazos y las piernas juntas para liberarse, le estrechaba con fuerza le oprimía la cara por la abertura de la chaquetilla desabrochada del uniforme y allí girando en sus brazos supo que moverse bruscamente y ponerse a devolver eran una y la misma cosa. Ella parecía desear a esta niña y le oprimió la cara aún más contra su pecho, porque debajo de la chaquetilla no había nada, nada más que la cara de Henry hundida en la piel arrugada y levemente perfumada de sus viejas ubres caídas y le sujetaba la nuca con el hueco de la mano, no podía salir de la tela marrón, no se atrevía a dar un tirón brusco, sabía lo que tenía en el estómago, no podía moverse ni cuando empezó a cantar y su otra mano empezó a vagar por las capas de traje que le cubrían y rodeaban el muslo, medio recitando medio cantando «Un soldado necesita una chica, un soldado necesita una chica», siguiendo el ritmo de su respiración cada vez más fuerte más profunda y Henry subía y bajaba con ella, sentía cómo le estrechaban con más fuerza abría los ojos en la palidez azul y gris de los pechos de Mina, azul y gris como se imaginaba la cara de un muerto. «Vomitar», murmuró pegado al cuerpo de Mina y una mezcla roja y marrón de cena y vino, color de la palidez de muerte del interior de la chaquetilla, se deslizó silenciosamente fuera de su boca. Se apartó rodando, ya no le sujetaban, al suelo con la peluca desprendiéndose de la cabeza, manchas rojas y marrones salpicaban el blanco y rosado tan fresco ahora tan cursi, se quitó del todo la peluca, «Soy Henry», dijo con voz ronca. Mina tardó un rato en moverse, sentada con los ojos fijos en la peluca caída en el suelo, después se levantó, pasó por encima de Henry, subió las escaleras, y desde el cuarto que giraba la oyó soltar el agua del baño, sentado donde había aterrizado, miró los dibujos de la alfombra moverse entre sus dedos, se encontraba mejor después de vomitar, no se podía mover.

Mina regresó del baño vestida de diario, de nuevo ella misma, y le ayudó a levantarse, le acercó al fuego, donde le desató el vestido, que llevó a la cocina y metió en un cubo. Recogió la peluca, le cogió por la mano y le enseñó a subir las escaleras, canturreando cada escalón como para un niño pequeño: «Uno y dos y tres y...» En el dormitorio se tambaleó apoyado en su hombro mientras ella le quitaba el resto de la ropa, encontró el pijama mientras ella no dejaba de hablarle, la primera vez que *ella* se emborrachó..., bueno, al día siguiente no se acordaba de *nada,* y Henry no sabía bien lo que le estaba diciendo pero el tono era bueno, lo reconoció como el vestido, se echó boca arriba en la cama y ella le puso la mano en la frente para parar un poco el cuarto, cantando y recitando la canción de abajo: «Un soldado necesita una chica, como el león la melena, que le susurre al oído y que le quite las penas.» Le acarició el pelo, y cuando se despertó al día siguiente tenía la peluca a su lado sobre la almohada, se le debió caer por la noche.

Al despertar pensó en Linda, en el dolor que sentía detrás de los ojos, en la impresión que había en el cuarto de que ya no era por la mañana. Abajo Mina le dijo: «¿Quieres almorzar algo? Te dejé dormir la mona», pero ya se había puesto la ropa del colegio, cogía la cartera del colgador, cruzaba la puerta y salía a la calle mientras Mina le gritaba que volviera, sentía el aire húmedo en la frente desnuda, la noche fue confusa, pero estaba seguro de que Mina había falseado algo y ahora era fácil escaparse de su voz cada vez más lejana. Hacia Linda. En el colegio se excusó, una enfermedad, era bastante cierto, por la tarde seguía tan blanco que era fácil creerle. Llegó a su pupitre a tiempo para las clases de la tarde, y le esperaba sonriente mientras se acercaba, dispuesta a ponerle una nota en la mano, un pedazo de papel que decía: «¿Vas a venir el domingo?» Le dio la vuelta y escribió sí, con el mismo espíritu que le había permitido escabullirse por la mañana, lo pasó por debajo de la mesa y ella lo cogió con los dedos que se entrelazaron con los suyos y se quedaron allí un segundo o dos antes de soltarle. Sintió la boca del estómago, un poco de sangre en la ingle moviéndose por la piel prepúber, como flores brotando en primavera entre los pliegues de su ropa y la nota cayó inadvertida al suelo.

¿Podía contarle la mirada en el espejo, Henry y Linda fundidos en la apariencia, cómo fueron inmediatamente uno y se sintió libre y bailó un poco antes de que entrase Mina, quería contárselo, pero explicar las otras cosas, porque dónde empezar, cómo explicar juegos que no son juegos en realidad? En vez de eso le habló de la máscara que iba a comprar por la tarde, una especie de monstruo, «Pero que te da más risa que miedo», y eso significaba que le habló de la fiesta, su nombre estaba en la invitación con el de Mina, todos disfrazados y nadie sabe quién eres, todos pueden hacer lo que les apetezca porque no importa. Estaban en el patio, vacío porque todos se habían ido, inventaron historias sobre las cosas que se pueden hacer cuando nadie sabe quién eres. Su madre se acercaba por el patio, besó a Linda, le puso a Henry la mano en el hombro y se fueron todos juntos al coche. Linda le contó a su madre lo de la máscara y la fiesta de Henry, Claire le dijo que podía ir, parecía divertido. Se despidieron.

Llegó a la tienda sin aliento, no quería hacer esperar otra vez a Mina. El hombre de detrás del mostrador tenía un estilo para niños, un estilo jovial y sin gracia. «¿Dónde está el fuego?», dijo cuando Henry entró en la tienda, y rápidamente Henry le dijo, tratando de imponer su prisa: «He venido por la máscara.» El tendero se inclinó lentamente por encima del mostrador, con la broma estremeciéndose en las comisuras de la boca, estaba impaciente por soltarla. «Qué raro, creía que la llevabas puesta», y observó la cara de Henry, en espera de que su risa se uniera a la suya. Henry le sonrió: «Me dijo que me la guardaría.» «Veamos», mirando con grandes aspavientos las cifras del calendario, «si no me equivoco», contuvo el aliento y dijo lentamente, «si no me equivooo-co, hoy es martes.» Sonrió abiertamente a su cliente Henry, arqueó las cejas, observando cómo su cliente se inquietaba. «¿La tiene todavía?», y con las cejas aún arqueadas agitó un dedo en el aire, como un idiota que no hace gracia a nadie: «Ése es el problema, si todavía la tengo.» Mientras Henry empezaba a comprender el origen de la violencia, buscó por debajo del mostrador: «Vamos a ver qué tenemos aquí», y sacó la máscara, la máscara de Henry. «¿Me la puede envolver? Tiene que ser secreta, ¿sabe?» El hombre, se apercibió Henry, era un anciano, y le dio un poco de pena. El hombre envolvió cuidadosamente la máscara en dos capas de papel de estraza marrón y le dio una vieja bolsa de cuerda para llevarla. Ahora no decía nada, Henry hubiera preferido que siguiera con los chistes malos, esos al menos los entendía. Sólo dijo una palabra más: «Toma», cuando le pasó la bolsa a Henry por encima del mostrador. Henry le dijo adiós al salir de la tienda, pero el hombre se había metido en la trastienda y no le oyó.

Mina no dijo nada sobre la noche pasada, en vez de eso le cortó trozos de tarta y habló mucho y muy deprisa, se refirió de pasada y con buen humor a la forma en que se había ido por la mañana, era de nuevo ella misma. Henry vio el vestido en un cubo de agua en la cocina, como un extraño pez muerto. Vaciló al hablar: «Alguien del colegio, la familia me ha invitado a pasar el domingo con ellos», y Mina le respondió, distante: «¿Ah, sí? ¿Conozco a tu amigo? ¿Por qué no le invitas a la fiesta?» «Ya lo he hecho y quieren que vaya el domingo», ¿por qué era tan importante no mencionar el sexo de su anfitrión? Mina no concretó: «Ya veremos», pero él la perseguía, la siguió hasta la cocina: «Es que tengo que decírselo mañana», y el tono de su voz exigió una respuesta en el silencio que se produjo. Mina sonrió, le apartó el pelo de los ojos con la mano, dijo amable y resignada: «Creo que no, mi amor. Por cierto, ¿y los deberes que no hiciste anoche?», empujándole dulcemente hasta el pie de las escaleras, donde él se apartó a un lado, «Pero me han pedido que vaya, quiero ir.» Mina estaba alegre: «Creo que no, de verdad, mi amor.» «Quiero ir.» Le quitó la mano del hombro, se sentó en el primer escalón, apoyó la barbilla en las manos, se quedó pensando un buen rato y luego: «¿Y qué quieres que haga yo el domingo si tú te vas con todos tus amigos?» Este cambio repentino, ahora él daba cuando antes recibía, él estaba de pie y ella sentada a sus pies, no se podía decir nada, se quedó paralizado. Al rato ella dijo: «¿Y bien?» extendiendo los brazos, él se acercó un poco para situarse donde ella pudiera cogerle las manos, Mina le miró por encima de las gafas, se las quitó, y entonces Henry vio la humedad que se acumulaba alrededor de sus ojos. Eso estaba mal, eso era terrible, sentía un peso terrible sobre sí, ¿por qué la gente podía tener tanta importancia? Mina le apretó un poco más las manos. «Bueno», dijo él, «me quedaré.»

Mina trató de acercarle atrayéndole por los brazos, pero él se soltó de sus manos y pasando a su lado corrió escaleras arriba. Quitó el traje marrón de la cama y lo colgó en la silla, se echó boca arriba en la cama, rechazó la imagen de Linda, sintiéndose culpable. Mina entró, se sentó a su lado mirándole fijamente a la cara mientras él evitaba mirarla, no quería volver a verle los ojos, y ella se quedó sentada jugueteando con una esquina de la manta, pellizcándola con el pulgar y el índice. Mina le arregló el pelo con los dedos, se puso rígido esperando que le dejara, no le gustaban esos dedos cerca de su cara, ahora no. «¿Estás enfadado conmigo, mi amor?» Negó con un movimiento de cabeza, sin mirarla a la cara. «Estás enfadado conmigo, se te nota.» Se acercó a la mesa y cogió un pedazo de madera en bruto, él llevaba meses tallándolo, quería hacer un pez espada, no conseguía tallar un cuerpo poderoso o sinuoso, seguía siendo un simple trozo de madera, una representación infantil del Pez. Mina le dio vueltas y más vueltas en las manos, mirándolo, sin verlo. En el cielorraso estaba la gran escalera que se dividía en dos a mitad de camino y Linda y Claire peleaban con almohadas en el dormitorio, probablemente Claire quería animar a Linda porque era su primer día de colegio, y el hombre alto de gruesas cejas dormía en la misma cama que Claire. Mina dijo: «Tienes muchas ganas de ir, ¿verdad?» Henry dijo: «No importa, en realidad no es tan importante.» Mina le dio vueltas a la madera en la mano: «Quieres ir, así que irás.» Henry se incorporó, todavía no era lo bastante mayor para conocer los juegos especiales que le pueden gustar a la gente, no era lo bastante mayor así que dijo: «Bueno, pues voy.» Mina salió del cuarto llevándose el poderoso pez espada en la mano.

* * *

Henry levantó la pesada aldaba y la dejó caer sobre la blanca puerta. Claire le condujo por el pasillo oscuro hasta la cocina: «Linda se pasa casi todos los domingos por la mañana en la cama», emergieron bajo la luz fluorescente de la cocina, «puedes subir a jugar con ella pero antes puedes hablar conmigo y beber algo caliente.» Le dio tiempo para quitarse el abrigo, se volvió para permitirle admirar su traje nuevo: «Vamos a buscarte ropa para que puedas jugar.» Le preparó un chocolate, le arrastró en la conversación, no estaba preparado para sorpresas súbitas. Estaba encantada de que fuera amigo de Linda, se lo dijo, y le dijo que Linda hablaba todo el tiempo de él: «Te ha pintado y dibujado, pero seguro que no te lo enseña.» Quería saber cosas de él, así que le contó que coleccionaba cosas de las tiendas de segunda mano, el teatro de cartón y todos los libros viejos, y después le habló de Mina, lo bien que contaba historias porque había trabajado en el teatro, en su vida había hablado tanto de un tirón y estaba a punto de contarle todo, los vestidos y la borrachera, pero se contuvo, no sabía bien cómo decirlo y quería gustarle, a lo mejor no le gustaba si le contaba lo que se había emborrachado y cómo vomitó encima de Mina. Le trajo ropa para jugar, un jersey azul claro y unos vaqueros desteñidos que eran de Linda, le preguntó si le importaba usarlos y él sonrió y dijo que no. Salió de la cocina para coger el teléfono, gritándole por encima del hombro que buscase el cuarto de Linda por el pasillo oscuro hasta el pie de las escaleras, no entendía por qué sólo había luz en los dos extremos. Se detuvo en el descansillo junto a la enorme cómoda, siguió con el dedo las figuras grabadas en el bronce, una procesión con los ricos delante, quizás parientes de los recién casados, abarrotando la calle y las aceras con los vestidos ondulando a sus espaldas, todos con el torso erguido y orgullosos, y luego detrás las gentes del pueblo, simple chusma, todos con un vaso de vino en la mano, tambaleándose y agarrándose al de al lado, borrachos y riéndose de los que iban delante. Allí cerca había una puerta abierta y se asomó, un dormitorio, el mayor que había visto en su vida, una gran cama de matrimonio en el medio, no contra la pared. Entró unos pasos en la habitación, la cama no estaba hecha, tenía un bulto en el centro, y ahora veía que había un hombre dormido boca abajo, se quedó de una pieza, luego retrocedió rápidamente hasta el descansillo cerrando la puerta sin ruido al salir. Se acordó de la ropa de Linda, que había dejado sobre la cómoda, la encontró y subió corriendo la segunda escalera hasta el cuarto de Linda.

Estaba sentada en la cama dibujando algo con carboncillo negro en un cartón blanco, empezó a hablarle según entraba en la habitación: «¿Por qué estás sin aliento?» Henry se sentó en la cama. «He subido las escaleras corriendo, vi un hombre dormido en un dormitorio, parecía como muerto.» Linda dejó caer al suelo el dibujo y se echó a reír: «Ése es Theo, ¿no te había hablado de él?» Se subió la sábana hasta el cuello: «Los domingos me despierto temprano pero no me levanto hasta la hora de comer.» Le mostró la ropa: «Me la ha dado tu madre, ¿dónde puedo cambiarme?» «Aquí, claro, al lado del pie tienes una percha y puedes meter el traje en el armario.» Subió más la sábana, hasta dejar sólo los ojos destapados, y miró a Henry colgar el traje, venir a sentarse en la cama a su lado, esta vez sin pantalones ni chaqueta para sentir en sus piernas desnudas el calor de su cuerpo a través de las gruesas mantas, se apoyó en sus pies, miró fijamente el pelo amarillo extendido sobre la almohada como un abanico. Los dos se rieron de improviso sin motivo, Linda sacó la mano de la cama, le tiró del hombro. «¿Por qué no te metes tú también?» Henry se levantó: «Bueno.» Ella se zambulló bajo las sábanas riendo como una tonta y diciendo con voz apagada: «Pero antes tienes que quitarte toda la ropa.» Lo hizo, se metió a su lado, su cuerpo estaba más frío que el de Linda y la hizo tiritar cuando se echó apoyando el pecho en su espalda. Ella se dio la vuelta para mirarle de frente, en la penumbra color de rosa olía lechosa y animal, éste fue el comienzo y el final de su domingo cuando se acordaba de él, su corazón latía con fuerza en la almohada donde apoyaba la oreja, levantó una vez la cabeza para que ella apartase el pelo, y hablaron, sobre todo del colegio, su primera semana allí, los amigos que tenían y los profesores, no parecía posible que el día se llenara con otras cosas, se había puesto los vaqueros y el jersey de Linda, había almorzado y caminado con los miles de personas que hormigueaban sin rumbo por Hampstead Heath y dejó que Linda le enseñase los cuadros de Kenwood House, damas altivas y frías, sus inverosímiles hijos, y se quedaron largo rato frente al Rembrandt, de acuerdo en que era lo mejor de allí y quizás lo mejor del mundo, aunque a Linda no le gustaba la oscuridad que rodeaba a la figura, quería conocer su cuarto, después se sentaron en la casa de verano de Samuel Johnson, claro que era un escritor famoso pero de qué y cuándo, y de vuelta por el Heath con los centenares en la penumbra invernal, salió de debajo de las mantas para respirar y ella le apoyó la cabeza en el pecho y luego salió también, se quedaron echados con las frentes en contacto y dormitaron media hora, a lo mejor pasó todo en esa media hora de sueño, todo como una especie de largo sueño. Lo verdadero fue estar allí tumbado media hora o más, eso le pareció aquella noche en casa, en su propia cama.

* * *

No fue exactamente como él pensaba, las cosas nunca son como tú piensas que van a ser, no exactamente, porque ese día se olvidó de las bombillas rojas y ahora era tarde porque las tiendas estaban cerradas, y la receta del ponche estaba en un sobre, ya no hay tiempo para buscarla, en vez de eso Mina compró una caja de botellas de vino, sobre todo vino, dijo, porque a casi todo el mundo le gusta el vino, y dos jarras de sidra para los que no les guste. No había magnetófono, Henry jamás había visto ninguno, era el viejo tocadiscos prestado por el hijo de la señora Simpson y los discos viejos prestados por la señora Simpson. En sus expectativas, representándose mentalmente la fiesta, la casa era más grande, las habitaciones como salas, los invitados parecían enanos por la altura de los techos, la música sonaba potente por todas partes, los disfraces eran exóticos, príncipes de otros países, devoradores de cadáveres, capitanes de alta mar y cosas así, y él con su máscara. Pero ya era hora de que llegara el primer invitado, las habitaciones tenían el tamaño de siempre, y cómo iba a ser de otra manera, la música salía de un rincón, cascada y monótona, y ya llegaban los primeros invitados, Henry les abría la puerta con su máscara de treinta chelines y con expresión de asombro, ¿ésos eran los invitados disfrazados de personas normales y corrientes, estaban disfrazados?, ¿habían leído bien la invitación? Se quedó junto a la puerta sujetándola abierta, silencioso mientras pasaban a su lado, inclinaban la cabeza, no parecían sorprenderse por su máscara, simplemente el hijo de alguien abriendo la puerta, entraban de dos en dos y de cuatro en cuatro, riendo y hablando con moderación, se servían ellos mismos la bebida y reían y hablaban con menos moderación, hombres vestidos de gris y de negro con las manos bien metidas en los bolsillos acercándose y alejándose de sus interlocutores mientras hablaban, las mujeres con el pelo gris recogido en un moño, manoseando sus vasos, todos parecían iguales. Mina estaba arriba dispuesta a presentarse discretamente para mezclarse inadvertida y disfrazada con sus invitados, Henry miró en torno, podía estar ya ahí, no había una sola mujer u hombre que se le pareciera. Se movió entre los grupos de conversadores, había algo en los hombres, algo en las mujeres, las caderas de uno, los hombros de las otras, un hombre bajo, calvo y perfumado, el cuello demasiado flaco para la camisa, el nudo de la corbata del tamaño de su puño, se inclinó sobre Henry cuando éste pasaba buscando a Mina: «Tú debes ser Henry», tenía una voz aguda y gangosa, «tienes que serlo, lo noto en tu expresión.» Se enderezó para reír, volviéndose a ver si alguien había escuchado su gracioso chiste, Henry esperó, era como en la tienda, atendiendo a las bromas de los demás. El hombre bajo y calvo se volvió de nuevo hacia él, dispuesto a reconciliarse, en voz baja: «Naturalmente, sabía quién eras por tu tamaño, querido. ¿Sabes quién soy yo?» Henry negó con un movimiento de cabeza, vio al hombre llevarse las manos a la mollera, levantar la piel con el índice y el pulgar y enseñar, en vez del cerebro y los huesos, su pelo, un pelo negro rizado en grandes ondas que volvió a cubrir con la piel de la cabeza: «¿Lo adivinas ahora?, ¿no?» Estaba satisfecho, claramente satisfecho, se agachó un poco para susurrarle a Henry al oído: «Soy la tía Lucy», y después se alejó. Lucy, una de esas tías que no eran tías, una amiga de Mina que venía a tomar café por las mañanas y que quería meter a Henry en su pequeña compañía de teatro, siempre quería que se incorporase y jamás se desanimaba por las negativas; Mina, tal vez celosa, no quería que se incorporase, no había peligro. Pero Mina, ¿cuál de esos hombres de anchas caderas, cuál de esas robustas mujeres era?, ¿o es que estaba aún esperando a que todos bebieran más vino? Bebió vino por la abertura de la máscara, recordando la última primera vez, su vestido empapándose después en un cubo, ¿dónde estaba ahora? Se echó el vino rápidamente a la garganta, evitando el sabor, la sequedad en sus dientes que la lengua no podía eliminar, buscando a Mina, esperando a Linda que tenía que venir pronto, sin disfraz, le dijo que no lo necesitaba porque no era conocida, era un desconocido y todos los desconocidos llevan disfraz. Pero esto era una fiesta, donde todos se movían, charlaban, contaban chistes, se trasladaban de un grupo a otro, nadie escuchaba el tocadiscos, tapado por las voces, nadie cambiaba el disco, ¿eran así todas las fiestas? Cambió él mismo el disco, iba a coger la tapa, un resto pelado de cartón hecho jirones, cuando una mano le agarró por la muñeca, una mano vieja, y al levantar la vista vio a un hombre viejo, un hombre muy viejo, encorvado de un hombro, curvado sobre una joroba que formaba una ligera protuberancia bajo la chaqueta y en la cara una barba como un cepillo con los pelos muy separados, y encima de los labios una mancha aceitosa donde no crecía nada, el hombre le agarró por la muñeca, se la oprimió y después soltó la mano: «Yo no me preocuparía, de todas formas no lo escucha nadie.» Henry se volvió hacia el hombre, cogió el vaso de vino para defenderse: «¿Está usted disfrazado, están todos disfrazados?» El hombre se señaló por encima del hombro, no estaba dolido, «¿Cómo puede disfrazarse esto?» «Podía ser parte del disfraz, quiero decir relleno o algo así...» La voz de Henry se fue desvaneciendo en la barahúnda, el hombre le estaba volviendo la espalda, y decía: «Tócala, anda, tócala y dime si es relleno o no.» Es como el vino, estas cosas pueden hacerse si se hacen deprisa, échatelo rápido al estómago, alargó el brazo y le tocó la espalda a aquel hombre, apartó la mano, y otra vez cuando el hombre le dijo que con eso no bastaba para saber si era o no relleno, esta vez manoseó la joroba, Henry con su sonriente cara horrenda, el pelo disparado en todas direcciones, los labios pintados empapados de vino, este pequeño monstruo sonriente manoseó la joroba del viejo, dura y maleable al mismo tiempo, hasta que el hombre quedó satisfecho y se dio la vuelta: «No hay quien esconda una cosa así», y se fue al otro extremo de la habitación, se quedó allí de pie haciendo muecas a todo el mundo y bebiendo su vaso de vino. Henry llenó su vaso y bebió también, moviéndose entre los círculos de conversadores, sus voces subían y bajaban a su alrededor, lamentos de registros de órganos que le mareaban, tenía que agarrarse a la mesa para sustentarse, esperando, ¿dónde estaba Mina, dónde estaba Linda? Ninguno de aquellos bebedores y conversadores se asombraba por el aspecto de los demás, suponiendo que estuviesen disfrazados sabían quiénes eran, les resultaba fácil hablar, cuando no eres tú mismo sigue siendo alguien, y alguien tiene que cargar con la culpa, culpa, ¿culpa de qué? Henry se agarró más fuerte al borde con ambas manos, ¿culpa de qué, en qué estaba pensando? Más vino más vino, algo nervioso le hacía llevarse el vaso a la boca cada diez segundos, porque nadie le hacía caso, porque no era nadie en la fiesta de los mayores, un niño pequeño que les abría la puerta para que entrasen, porque no era interesante como se había imaginado, por todo eso se bebió cuatro vasos de vino. En el otro extremo de la habitación un hombre se separó de un grupo, tambaleándose hacia atrás con un vaso en la mano, se desplomó en la gran silla que tenía detrás y allí se quedó riéndose de sus amigos que se reían de él. Las palabras de Henry vacilaban en su cabeza como grandes números en una pizarra, le llegaban despacio, si se alejaba de la mesa se caería al suelo. ¿Era el monstruo quien cayó al suelo o Henry?, ¿de quién era la culpa? Entonces se le ocurrió, vestido como otra persona y pretendiendo ser dios, asumes su culpa por lo que hicieron, o lo que tú convertido en ellos haces... ¿hicistes? Los grandes números eran tan lentos, todo aquello significaba algo, cuando Mina se vestía para cenar, ¿quién creía que era cuando hacía lo que hacía? El vestido en el cubo como un extraño animal marino, estaban en el patio desierto y bromeaban sobre lo que se puede hacer disfrazado y Claire se acercaba a ellos parecía vieja y joven a la vez, y el oficial que se secaba la pierna con una toalla, el hombre en la cama, la oscuridad detrás de la cabeza de Rembrandt, allí Linda le había dicho que prefería, Linda, allí, pero Linda estaba aquí, en el otro extremo de la habitación, dándole la espalda, su catarata de pelo como Alicia en el País de las Maravillas, había demasiadas voces de otros para que le oyera llamarla, no podía soltar la mesa. Y estaba hablando con el hombre que se cayó en la silla, el hombre de la silla, el hombre de la silla, ¡esos grandes números!, el hombre de la silla sentaba a Linda en sus rodillas, Linda y Henry, él estaba plantado delante del espejo de su dormitorio y se sentía libre, unos pasos de danza de Henry y Linda, estaba sentando a Linda en sus rodillas sujetándola fuerte por la nuca, estaba demasiado asustada para moverse, aterrorizada, y no podía mover la lengua y ¿quién la iba a oír en medio de tan-

163

tas voces? se estaba desabrochando la camisa con una mano el hombre de la silla, las voces crecían en un coro disonante, nadie veía nada, el hombre de la silla le apretó la cabeza fuertemente contra su pecho, no quería soltarla, Henry pensó ¿de quién era la culpa? soltando la mesa empezó, inseguro y muy despacio y con el vino subiéndole del estómago, empezó a moverse hacia ellos atravesando la atestada habitación.

ÍNDICE